파랑성

파랑성

여울 장편소설

바른북스

아가미라도 달렸나,

지상에서 숨쉬기가 왜 이리 어려운지

한참을 모래사장 위에 누워 있다

그토록 목매던 푸른 바다에 떠밀려

서서히 잠겨가는 나에게 숨 쉬는 법을 알려준

너의 목소리는 나에게 아직도 파랑성이야

✦

파랑성(波浪聲) : 귓가에 머무르는 물결 소리

離別 哀切 悲哀

목차

프롤로그

새가 사는 바다 · 10

1부

소멸 · 38
환생 · 64

2부

여름의 끈적임 · 160
넘실거리는 파도는 여전한 채 · 187

3부

다시 원점으로 · 234

작가의 말

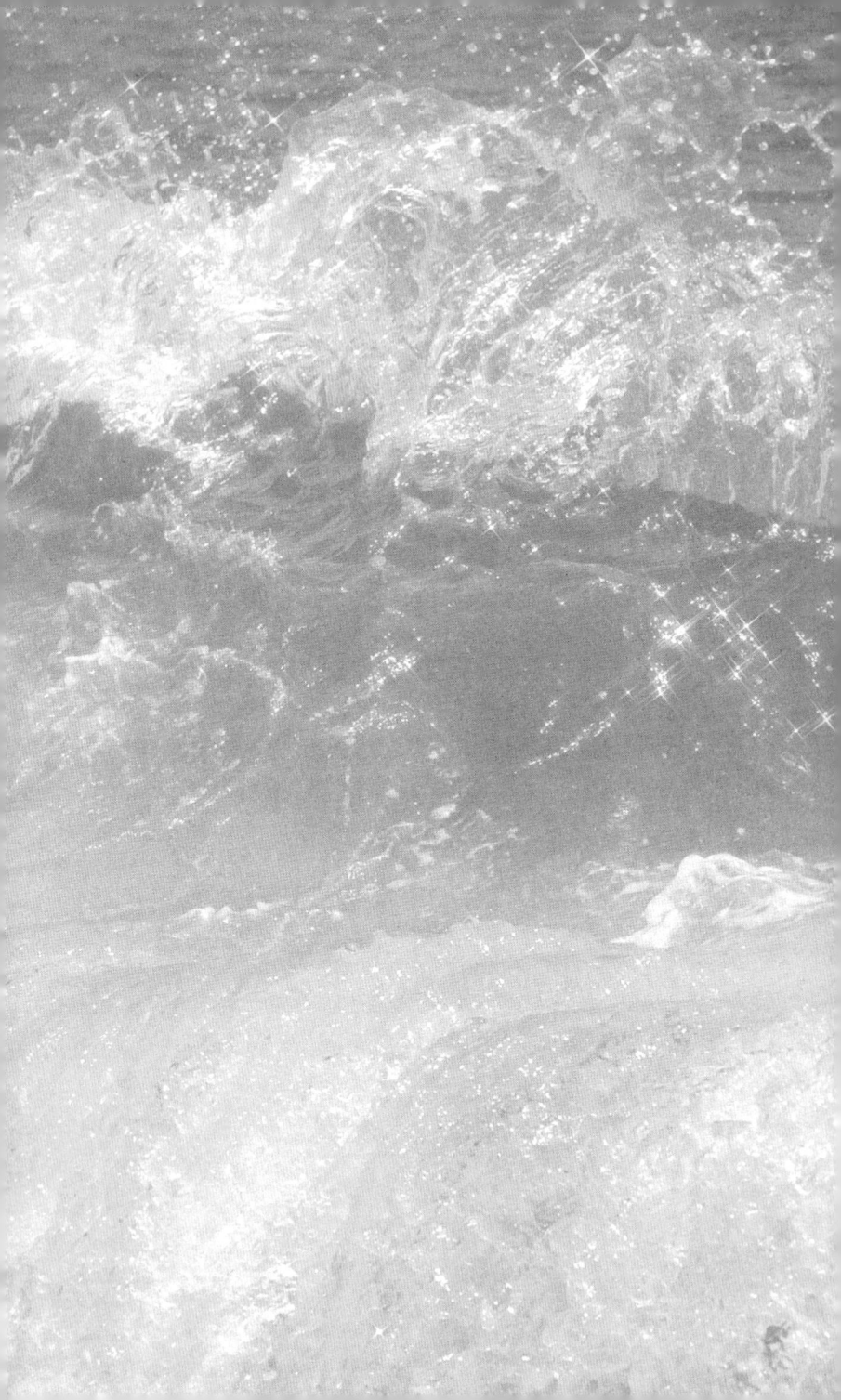

프롤로그

새가 사는 바다

버스는 새가 활공하는 속도만큼 빨랐다. 날개를 움직이지도 않고 하늘을 날아가는 새가 무척이나 자유로워 보였다. 그저 일직선으로 날아가는 모습을 눈에 담고 있으면 금방이라도 종이비행기처럼 뚝, 떨어질 것만 같은데. 어디에서 저런 힘이 나와서 날 수 있는 걸까. 새에게 비밀이 있는 걸까. 세상에 비밀이 있는 걸까.

이미 알려진 과학적 원리를 책에서 본 적이 없지만 모른 척하기로 했다. 나에게 지금 중요한 건 저 새가 어떻게 활공하는지에 관한 지식이 아니라 무엇을 위해서, 어디로 가고 있기에 저렇게 날고 있는지가 궁금하다. 나와 같은 방향을 향해 가고 있는 건 아닐까. 마침 버스가 달리는 방향과 같으니까.

새에 관심이 많은 건 아니지만 가끔 이렇게 살펴보는 건 재미있지. 눈에 담던 새가 고개를 기울인다. 무언가라도 발견한 거 같다. 아마 먹이이지 않으려나. 물속에서 먹잇감을 살피던 새가 날개를 접고 아래로 벌처럼 쏘아붙였다. 얼굴을 잠시 집어넣고 물 위를 얕게 날아다니다가 다시 저 멀리 하늘로 날아오른다. 새의 부리에 자그마한 물고기가 낚여 있다는 걸 이제야 눈치챈다. 날개를 퍼덕이자 새는 버스를 추월해 날아간다.

아, 이제는 완전히 따라잡을 수 없게 되었다.

새의 뒷모습이 눈에 들어오지 않을 때가 되어서야 눈을 감고 살짝 열린 창문 새로 들어오는 바람을 느꼈다. 잘 포장된 도로 위를 달리는 버스 안은 사람이 별로 없었다. 덕분에 소음이라곤 버스가 덜컹거리는 소리와 그 옆을 쌩쌩 지나가는 자동차들의 소리가 전부였다. 있어도 다들 고개를 핸드폰에 처박고 검지를 휘저을 뿐이었다. 내가 쇼츠 따위의 영상에는 관심이 없었던 것도 맞다. 그 사이에서 나는 비슷한 나이 또래들과는 다르게 창밖을 구경하는 쪽을 선택했다. 그렇다고 내게 자연을 감상하는 데에 흥미가 있냐고 물으면 그건 또 아니다.

지금 와서 블루라이트 가득한 화면을 눈에 담아봤자 무슨 내용인지 하나도 모를 것이 분명했다. 괜히 눈만

뻐근해지고. 그러니 어떠한 뇌의 운동도 가속화하지 않도록 가만히 시선을 창문가에 두었다.

 휙 지나가는 건물이며 풍경에는 집중하지 않았다. 높고 낮은 건물들이 한순간 끊기고 옆으로 밀려나자 보이는 허망하기 짝이 없는,

 드넓은 바다.

 하늘의 색을 머금고 물결치는 푸른 바다, 반짝이는 물비늘에 햇살이 반사된 듯 크게 일렁인다. 이에 대한 감상은 없다. 굳이 말해서 눈에 보이는 것만 입에 담으면 이는 감상이 아니라고 비판받을 터. 스스로에게도 커다란 바다가 감상을 가져다주는 매개체가 될 수는 없었다. 그저 그런 생각.

 이어지지 않은 단어가 뚝뚝 끊겨 뇌에서 소각될 때쯤 소금기 가득한 바람에 익숙한 듯 고개를 돌렸다. 예전에도 이랬지. 재생된 기억에 남아 있는 그날의 온도, 설렘, 감각. 죽음이 가까워지는 것만큼 온몸이 가볍게 떠 있는 상태를 느낄 기회는 잘 없다. 그리고 나는, 어릴 적에 지금과 같은 상태에 빠진 적이 있었다. 바닥에 발이 닿지 않는, 중력을 잃어 붕 뜨고 있는 듯 사실적인 기분. 나는 가장 생생하게 느끼던 그날을 내 머릿속 깊은 곳에서 꺼내기 시작한다.

먼지 한 톨 쌓이지 않은 기억. 그럼에도 보이지 않는 구석 책장에 박아둔 어린 시절의 책 페이지를 찾아 연다. 쓰여있는 내용을 한 자씩 읽어 내려가 보는 건 오로지 나의 선택이었다.

***

내 기억의 시작은 아주 고요한 책상 앞에 앉아 있던 나를 기점으로 시작했다. 연필이 구르는 소리, 종이가 바람에 날리는 소리, 밖에서 들려오는 곤충들 소리까지. 나는 가끔 그런 소리가 듣기 싫어서 창문을 아주 꽉 닫는 걸로도 모자랐는지, 창문을 기꺼이 잠그기까지 했었다.

책상 위에는 어제부터 만진 적 없는 공책이 활짝 열린 채 아무것도 적혀 있지 않은 무지의 상태로 놓여 있었다. 사실 그 공책이 공부하기 위해서 놔둔 공책인지, 다른 일을 하기 위해서 놔둔 공책인지는 잘 기억나지 않았다. 그냥 하얀 종이였고, 표지도 비슷하게 얇았다는 것만. 앞장에는 뭐라고 적혀 있었던 기분이 들지만 흐릿한 연필의 흔적이 기어코 덮여버렸다.

그냥 아무것도 모르겠다던 그런 날.

바깥과 실내, 내가 있는 방과 만들어진 경계에 대해서

무언가 떠오르는 것 같으면서도 보이지 않는 그런 날.

내가 있는 이곳에 대한 위화감에 살갗으로 소름이 돋던 그런 날이 있었다. 나는 다른 세계에 대한 동경은 없다. 단순히 내가 땅 위에서, 공기 중에 숨을 쉬고 있다는 사실이 어색하게만 느껴졌다.

그러면 육지가 아니고 어디를 생각해야 하냐고? 나는 한참을 생각했다. 육지가 아니면 어디에 있는 게 좋을까. 육지만큼 익숙하지만 익숙해질 수 없는 공간이 또 어디 있나. 나는 곰곰이 생각하던 도중에 바다를 떠올렸다. 푸르고 영롱한 바다.

다만 그게 내 생각의 전부였다.

육지에서 태어난 나는 바다에 대해서 알지 못했다. 바다라는 이름을 처음 들었을 때 나는 어째서 바다가 바다인지 알지 못했다. 솔직히 말하자면 지금도 그 뜻은 잘 모른다. 누가 바다를 보고 처음으로 바다라 부르기로 한 것일까. 그 어원이 물과 관련되어 있다는 추측을 하는 사람들은 있다. 그럼에도 확실하지 못하다면 우리는 그 어원을 알지 못하겠지.

지구의 밑바닥을 숨기고 있는 바다가 어떠한 비밀을 가졌는지도 아직 확실하게 밝혀진 게 없음에도 사람들은 바다에 대한 관심이 많았다. 바다를 소유하려고 주장하거나 바다에 생겨난 것들이 꼭 자신의 것이라도 되는 것처럼 잡아가고 먹고, 수없이 일어나는 분쟁에도 바다는 잠잠하기만 했다.

가끔은 바다를 화나게 해서 쓰나미 등을 피할 수 없는 채로 맞이하기도 하지만. 자연재해에도 인간이 아직 살아 있다는 것은 인간이 우월하다는 의미가 아니라, 자연이 봐주고 있다는 소리는 아닐까 하고. 나는 그렇게나 바다에 관해서 관심이 많았다.

그렇다고 이 관심이 완전히 좋은 방향이라고는 설명하지 못했다. 내 관심은 바다에 대한 실질적인 의문이 아니라 죽음을 선정하기에 바다가 가지고 있는 이점이 무엇일지 생각하는 게 먼저였으므로. 바다는 숨기고 있는 것이 그만큼 많지만, 인간들에게는 거대한 관심사 아닌가. 그러니 내가 죽고 나서 들키기라도 한다면 흔적을 껴안고 죽으려고 했던 내 의지가 무소용이 되지 않나.

나는 죽음이 드리운 바다에서 들키기도 싫었고 누군가에게 까발려지는 쪽도 원치 않았다. 조용히 잠들어서 바다의 바닥까지 추락한 뒤에, 모래에 덮여 아무도 알지 못하도록 녹아내리길 바랐다. 과연 그럴 수 있을까. 나는 심오하게만 떠오른 질문을 꺼내면서 하나씩 생각해 나갔다. 바다도 조용한 곳은 아니구나. 그럼에도 바다만큼 나를 오랫동안 숨겨줄 곳이 있지도 않으니. 내가 바다를 선택한 이유는 그런 것이었다. 아니, 내가 바다를 선택했다기보다 바다가 나를 이끌었던 이유가 더 컸다. 나는 바다를 눈에 담았을 뿐이고,

 그 순간 바다가 나를 끌어들여 들어오라고 손짓했다면 나는 필시 빠져버렸으리라고 믿었다. 여전히 나는 바다의 손짓을 외면하지 못하는 어린아이였다. 발걸음을 되돌릴 의지가 지금에서 존재할지도 의문이었다. 나에게는 방법에 관한 질문을 던질 수도 없었고, 그렇다고 해서 상대에게 던질 만한 사람도 없었으니 나는 내 죽음을 바다로 정했다.

 건물의 옥상은 너무나 높고 떨어지는 순간 모두에게 의식되어 버릴 테다. 그렇다고 해서 내가 영화에서 흔히들 쓰이는 수면제나 약을 복용하는 방법으로 죽을 수는 없다는 건 확실하다. 어린아이가 무엇보다 그러한 약을 손에 넣는 것부터 불가능했다. 그리고 또 무슨 방법이 있더라. 그래, 차에 치인다거나 하는 방법은, 내가 온전할 수 없다.

 나는 내 모습이 온전한 채로 편안하게 잡아먹혀 죽고 싶어 했기에 생각한 모든 방법을 제외하고 나면 바다밖에 남지 않는다는 결론이 나왔다. 그러니 나의 결론은

바다로 향했다.

원래부터 이런 생각을 한 건 아니었다. 축적되고, 축적되고, 축적되어서, 몇 년 동안이나 쌓인 감정의 찌꺼기가 나를 지배했다고 말하는 게 빨랐다.

내 본능이 나를 아무렇지도 않게 만들어서, 이런 선택까지 종용하는 건 나의 의지라고 설명해야 할까.

가끔은 내가 아무것도 아닌 존재처럼 느껴진 적이 있더라. 딱히 뭐라고 설명하기에는 부족하지만, 이불 안에서 숨 쉬고 있는 이 조용한 몸이 대체 어떤 이유로 만들어진 건지 궁금해했다. 살아 있다기보다는 기계적으로 움직이는 껍데기에 불과한… 어렴풋한 무언가.

세상은 계속 돌아가고, 시간은 흐르고, 방학 동안에도 학교 종소리는 정해진 시간마다 울려 퍼지고, 텔레비전에서는 매일 하던 프로그램이 재방송되고 있었다. 내 하루가 그저 지나갈 때쯤이면 나는 일어났다가, 앉았다가, 걷고, 먹고, 또 눕고, 가끔은 작곡도 하고. 의미 없이 반복되는 동작들 속에서 나는 점점 나에 대한 의문점을 눌러 담았다. 의지가 있다면 알아보기 위해 노력하겠지만, 나는 부단히 노력할 만한 이유가 없기에. 나는 그렇게 나를 잃어갔다.

아직 내가 누구인지도 모르는데 어떻게 잃을 수 있느

냐고 묻는다면, 나는 아마 아무런 대답도 못 할 것이었다. 나는 아직도 내가 누구인지를 제대로 느껴본 적이 없었다. 적당하게 살아왔다고 생각했는데, 그건 아무래도 틀린 생각 같았다. 이래서는 원 나를 깨닫기에는 훨씬 멀리 온 게 분명했다.

난 기억되는 과거가 아니라, 보이지 않는 미래를 무서워했다. 사람들은 이런 시기를 청춘이라 불렀다. 나에 대해서 모호하고, 미래를 두려워하고, 인생에 대해 회의감이 오는 시기. 잘 버텨내면 된다고는 하지만 그게 말처럼 쉬운 일은 아니지 않나. 눈을 반짝이며 말하는 어른들을 볼 때면 그들이 기억하는 그 시절은 참으로 예뻤구나 싶었다. 그런데 왜 나만 아무것도 모르겠지. 왜 나는, 다른 이들이 말하는 설렘보다도 두려움이 앞서는 걸까.

나는 왜 이렇게 무겁고 차가운 공기 속에서 숨을 쉬고 있는 걸까.

같은 나이 또래의 아이들은 무슨 생각을 하는지 잘 모르겠다. 물어본 적도 없고, 질문받은 적도 없었다. 그냥 웃는 모습을 보면 그랬다. 조금 다른 인생을 살고 있는 건 아닐지. 나는 어쩌면 땅 위에서 살아가는 존재와는 확연한 차이가 있는 건지. 내가 살아갈 곳은, 정녕 이곳이 아닐지도 모른다는 생각을 했다.

나는 어딘가에 끼어 있는 것 같으면서도 철저히 혼자인 삶을 지내왔다. 지금도 여전히 그대로고.

불안이라는 단어가 참 익숙했다. 처음에는 이게 무슨 말인가 싶었다. 그냥 마음이 조금 복잡한 걸까 싶었는데, 시간이 지날수록 어째서인지 직접 체험해 보게 되는 경험이 썩 좋지만은 않았다. 설명할 수 없는 긴장감이 하루 종일 몸을 따라다니고, 뭔가 아주 중요한 걸 잊어버린 사람처럼 마음 한구석이 늘 쿡쿡 쑤셨다.

이러다 무너져 버릴지도 모른다는 공포가 자꾸만 나를 짓눌렀다. 내가 가진 두려움이란 그런 것이었다. 내가 누구인지 잃는 것, 그리고 그 상태로 나만 홀로 자라는 것. 나는 나에 대해 아무것도 모르는데, 시간만 흘러 내가 어른이라도 되면 뭘 할 수 있겠는가, 하여. 그래서 나는 자주 현실을 생각했다.

모두가 당연하게 밟는 길에, 나는 그 한 걸음을 내딛기도 전에 발걸음을 물렸다. 어떻게 해야 할지 모르겠다. 살아야 하는지도 잘 모르겠다. 우울이란 감정이 격해져서 결국에는 불안이 행동 양상까지 퍼져 나올 테지만, 아마 그런 현상은 이미 일어난 걸지도 모르겠다. 그냥 되고 싶지 않은 것만 수두룩했다.

하지만 아무것도 되지 않으면 결국 사라지게 되겠지.

나의 무기력과 공포 사이에서, 언제나 외줄 타듯 서 있는 나를 마주하면서.

그래서 나는 죽음을 생각했다. 죽고 싶다는 말은 쉬운데, 막상 그렇게까지 깊이 생각해 본 적은 없는 것 같았다. 몇 번이고 생각한 나의 죽음은 방법을 꺼내기 전에 불발되었으나 이번에는 달랐다. 내가 오랫동안 고민하고 꺼낸 답에는 내 죽음이 온전하게 들어 있었다.

내가 바라는 건 삶의 끝일까, 고통의 끝일까. 죽음을 기대하는 건 나라는 존재의 의문을 타파할 수 있기에 행하는 행위일까. 내가 죽음을 선택한 이유가 딱히 거창한 것 없이, 내가 아닌 것 같아서라는 답이어도 깨달아 주는 사람이 있을까. 나는 잠에서 깨고 싶었다.

이런 생각이 떠오른다고 두려워하지는 않았다. 조금 아플 뿐이었다.

이따금씩 이런 상상도 해봤다. 누군가 내게 조용히 다가와서 아무 말 없이 옆에 앉아주는 상상. 설명하지 않아도 알 수 있는 관계. 그냥 있는 그대로의 나를 바라보며 고개를 끄덕여 주는 누군가. 그게 부모든, 친구든, 선생님이든, 아니면 상상 속의 존재든 상관없었다. 나는 나에게 괜찮다고 말해줄 단 한 사람만 있어도 조금은 살 수 있을 것 같았다.

그 한 번이 나를 이 고요한 절망의 웅덩이에서 끌어올려줄지도 모른다. 하지만 그런 사람은 없었다.

그런 임무를 수행할 수 있는 사람도 없었다. 그는 내가 될 수 없고, 아무도 되지 못했다. 그런 역할을 해주는 이가 없으니 어련하겠나. 있었다면 내 생각은 아마 아까의 우울감에서 살짝 약해진 정도로 끝났을 거다. 진실을 생각하는 게 아니라.

창밖을 보면 늘 똑같은 풍경이었다. 잿빛, 잿빛, 잿빛… 그 사이에서도 아이들은 뛰어다녔다. 그런 풍경이 무서운 날이 있었다.

나에게는 이질적인 풍경이, 그들에게는 너무 평온해 보일 때. 나는 더더욱 고립감을 느꼈다. 이토록 멀쩡한 세상에서 나는 왜 이러는 걸까. 이질적인 존재의 가설이 점차 들어맞는 순간이 왔다. 내가 땅에서, 이 육지에서 살아가지 못할 건 아니었을까. 나를 감싸는 공기는 같지만, 그 밀도나 온도가 다르다는 착각. 그런 느낌은 나를 점점 더 멀어지게 만들었다.

내가 어디 있는지도 알지 못하고, 내가 누구인지도 알지 못하고. 한참이나 생각에 빠져 있다가 마지막에는 우울만 남는 그런 상황. 몇 번이나 느껴도 이런 감각은 절대 익숙해질 리 없다고 생각했다. 익숙해지고 싶은 마음도 없었다.

 음악을 만들 때만큼은 조금 달랐다. 정확히는 음악을 만드는 것이 아니라 흘려보내는 기분이었다. 머릿속에서 쌓이고 쌓인 감정의 더미가 음표가 되어 천천히 피아노 건반 위로 떨어졌다. 나는 건반을 누르는 손길을 기억했다. 어떤 건반을 누르면 어떤 소리가 나는지도 알고 있었다.

 어떤 날은 멜로디가 너무 슬퍼서 내가 만든 곡인데도 다시 듣고 싶지 않은 날이 있었고, 어떤 날은 멜로디가 너무 맑아서 나를 더 아프게 한 탓에 연주하지 않았다. 아이러니하게도, 내 감정이 가장 정직하게 드러나는 순간임에도 불구하고 나는 내 감정을 곧이곧대로 받아들이지 않은 것이었다.

 내가 말이 아닌 소리로 이야기하는 감각. 그래서 나는 음악을 놓지 못했다. 그게 없으면 나는 정말 의미를 잃고 완전히 사라질 것만 같았다.

 하지만 그것만으로 충분하진 않았다. 나는 그 말 앞에서 멈칫했다. 음악이 있다고 해서 외로움이 없어지는 것도 아니고, 불안이 사라지는 것도 아니었다. 결국 나는 나를 구할 수 없는 상태로 삶을 지속해 갔다. 미래는 여전히 캄캄하고, 선택은 여전히 두렵고, 나는 나에 대해서 알지 못한 채로.

하는 방법도 모르겠고, 원하는 것도 없는데 어떻게 살아야 하는지도 모르겠고. 사람들이 말하는 기준에 부합하지도 않는 내가 누군가의 방향성에 맞춰 살아갈 수 있을 리가 없었다.

언젠가 깨달을지조차 의문이었다.

지금, 이 순간도 나는 무언가를 기다리는 듯했다. 구체적이지 않은 무언가. 나에 대해서도 알지 못하는데, 나의 외부에 있는 것은 더욱 모를 테지. 그것이 사람인지, 변화인지, 혹은 아무 일이 아닐 수도 있지만 나는 확신하지 못했다. 하지만 어쨌든 나는 기다렸다.

막막한 어둠 속에서 하나의 불빛을 찾고 싶었다. 살아 있는 증거가 되기를 바랐으나, 안타깝게도 나는 모든 해가 뜨고 지는 상황에서 나의 자리를 점점 잃어갔다. 땅과 하늘의 경계가 흐릿해지고, 내가 땅 위에 두 발을 두고 서 있는 게 확실한 건지도 알 수 없는 지경이었다.

숨을 쉬고 있으매 나는 인간이 아닌 것처럼 느껴졌고, 나는 어떻게 해야 내가 존재했음을 인증할 수 있을지도 몰랐다.

내가 있어야 할 곳은 결국 푸른 빛을 가진 바다. 바다가 아니고서야 나는 죽을 수 없었다. 땅 위가 아니라면 나는 바다의 존재가 될 테니. 그게 아니어도 내가 땅에서 살아야만 하는 존재라는 확신이 설 것이었다. 내가 남긴 목숨으로.

그렇다면 어떻게 해야 할까. 그에 대해서 생각한 적도 많다. 나는 생각보다도 잡념이 많은 성격이라, 괜히 무언가를 하나 떠올리면 그다음 것도 생각해야 했다. 좀 전까지 내가 누구인지 몰랐다고 이야기했으면 이번에는 나인지도 모르겠는 내 흔적을 어떻게 지우는 게 좋은 편이겠느냐는 생각처럼.

더더욱이 나는 생각하기를 포기하고 싶었다. 그렇지만 나는 내 죽음이 필요하다는 이유에서 내가 죽을 수 있는 방법을 생각하지 않으면 안 됐다. 나는 타살을 원하지도 않으며, 이런 것들은 누가 추천해 줄 일도 없고.

내가 선택해야만 온전한 죽음을 누릴 수 있을 것 같았다. 죽는다는 행위에 초점을 맞춘 것이 아니라, 내가 어디의 존재인지, 어떤 존재인지에 대한 의문을 풀기 위해 행하는 방법이라는 것도 명심하고. 내가 가진 우울감과 슬픔과 괴로움을 다 더해서 만들어진 감정은, 그 불안정함에서 나왔다는 것도 까먹지 말고. 내 흔적이 어디에서 어디로 이어져서 결국에는 어떤 형태로 남아 있는지 깨달아야 했다.

내가 남긴 흔적을 되돌아볼 때가 되었다. 나는 이것을 전부 청소해야 한다. 내 의지로.

자살이란 건 꼭 내 흔적을 남겨두고 죽는 이들이 많으니까. 내가 생각하는 죽음과는 거리가 멀었다.

나를 알아달라는 이유에서, 진상을 밝혀달라는 이유에서 사람들은 스스로 목숨을 끊고는 한다. 그중 억울한 이들도, 무고한 이들도 그렇게나 많지만 나는 딱히 밝혀낼 것도 없고 그렇다고 억울한 죽음도 아니며, 나는 죄에 연루되지 않았으므로 무고하다는 의견도 내비칠 수 없다. 그러니 내가 죽음을 맞이하기 전에 내 흔적을 남길 필요는 없다고 생각했다.

나는 모든 것을 지워버리기 위해 바다로 왔으니까. 그래서 나는 전부터 준비했다. 내가 죽기 위해서 필요한 것들을, 그리고 언제 어떻게 죽어서 나를 지워둘지도.

내가 더는 남지 않고 바다와 한 몸이 되는 방법을 무수히 찾아봤다. 죽음에 관한 내용은 쉬이 인터넷에 검색되지 않았지만 뭐든 심연이 있기 마련이었다.

나는 검색하고 타고, 타고, 타고 들어간 웹페이지들에서 죽음에 관련된 내용을 찾았고 그들 또한 나와 비슷한 생각을 하고 있다는 것도 알았다. 그들이 정녕 자신의 흔적을 지우고 싶었는지는 알지 못하지만 죽음을 원한다는 방면에서는 똑같았다.

나는 어떻게 계획하고 있는지 알아봤으나 그렇게나 나에게 도움이 되는 내용은 없어 검색하던 창을 끄고 방바닥에 누워서 가만히 생각했다.

천장을 바라보고 내가 무엇을 할 수 있을지 떠올려 보면서 깜빡거리는 전등을 바라봤다. 그렇게 하자. 내가 생각한 방법이 곧장 이뤄질 수 있을 법했다. 그렇게 나는 준비했었다, 나의 죽음을. 내가 바다로 걸어가는 모습을 상상하면서.

내가 있을 곳을 가만히 생각하면서.

여름 방학식이 끝난 직후 친구들과 놀러 가거나, 집에 돌아와 방학을 만끽하는 다른 아이들과 달리 나는 버스 정류장으로 향했다. 정류장 앞에서 목적지에 가장 빠르고 가까이 도착하는 버스에 몸을 싣고 마을에서 멀리 떨어지지 않은 바닷가에서 내렸다. 이제 이런 생각과 행동은 여기서 끝이라는 생각에 학교 방학식 전, 집에서 내가 생각하기에 가장 소중한 물건들을 가방에 욱여넣고서 등교했었다.

노트북, 어릴 때 첫사랑이 준 편지 등, 나에게 있어서

인상 깊거나 추억이 있었던 물건.

  그 외에는 내가 자주 갖고 놀았던 것들이나 내 딴은 비싸고 유용한 것들도 몇 개 포함되어 있었다. 덕분에 가방이 터질 것처럼 무거웠지만 크게 신경 쓰지 않았다. 결국 이 모든 게 끝난다면 이런 것 정도는 가지고 죽어야 아쉽지 않을 것 같다고 생각했었다. 오히려 가방은 가벼운 편이었다.

  마치 죽음의 의지가 미련보다 더 가벼운 듯, 아니라면 이 수많은 물건마저 미련으로 남을 수 없다는 듯. 기어코 걸어가는 발걸음이 가방의 무게를 이겨내고 깃털처럼 걸었다.

  수평선이 진하다.

  바다에 도착하자마자 눈에 담은 풍경을 설명하면 그랬다. 하늘과 바다를 분간해 주는 수평선이 하얀색의 빛을 뿜으며 제자리를 지키고 있는 것이 보였다. 저 빛을 스스로 내고 있지 않다는 사실 정도야 원래부터 알고는 있었다. 하지만, 생각보다 환한 수평선에 어쩌면 저 끝에는 별이 묻혀 있는 건 아닐까 하고 생각했다. 예를 들면, 무지개가 시작하는 곳 아래에는 보물이 들어 있다고 하는 것처럼. 끝을 찾을 수 없어도 마치 아름다

우리라고 망상하게 되는 그런 장소들처럼.

 맑게 갠 하늘 아래에서 바닷가에 온 사람치고 밝지만은 않은 게 흠이었다. 폭폭 꺼지는 모래를 밟고 파도가 끝나는 지점 앞에 섰다. 이미 다 정해진 절차처럼 옆에 가방을 올려두고 나는 모래사장에 제 몸을 맡겼다.

 털썩. 머리까지 온전히 대고 편하게 누웠다. 모래가 따스했다. 햇빛을 오랫동안 받아 따뜻해질 수밖에 없던 모래는 밤까지 이 열기를 머금고 있을 것이었다. 어쩌면 이대로 모래 아래에 빠져, 헤어 나오지 못할지도 모른다는 느낌을 받았다. 모래에서 손이 올라오는 듯한. 내 몸 전체를 잡아 끌어내리며 함께 깊은 땅속으로 파묻히자는 그러한 의미로.

 두 눈을 감으면 바다의 비릿한 소금기가 물가에서부터 올라오고 있었다. 이미 축축하게 젖은 모래에도 어느 정도 섞여 있던 것 같다. 오늘따라 더 진하게 느껴진다. 자극적이고, 예민한 감각. 죽기 직전의 감각은 모든 것을 기억하기 위해서 변하는 걸까. 손가락 끝에 닿는 모래알 하나마저 선명하게 매만져지는 기분이었다. 하나를 잡으려고 하면 빠져나가고, 모래 속으로는 더욱 깊이 빠져들고. 손가락에 모래알 하나가 끼었을 때는 정말 불편했다.

특히 지금과 같은 상태에서는. 톡톡 건드려 봤자 해결되는 게 없기에 빼내는 것을 포기한 지 오래였다. 그러고는 한참이나 하늘에서 내리쬐는 햇살을 전부 받아내며 감각이 죽을 때까지 기다렸다. 그게 언제가 되더라도 상관없다는 뜻이었다. 나에게는 시간이 많았으니. 그 시간을 전부 영위한다고 해서 내가 죽지 않으리라는 보장이 없다. 아마 바다에 깔려 죽지는 못하겠지만. 예민해진 감각으로는 죽기 어렵다.

운이 없게도 감각은 자신의 위치를 숨길 생각이 없었다. 가라앉기는커녕 점점 예민해지기만 하는 감각에 순간적으로 죽음이 두려워졌다. 비로소 내가 죽음이라는 단어에 대해 인식하기 시작한 시점이었다. 죽음의 사전적인 의미와 그 과정에서 수반되는 고통을 한꺼번에 통틀어서.

처음 시작은 아픔에 관한 걱정. 아픔을 두려워하면서 죽을 생각은 없었지만, 그럼에도 이 감각으로는 고통을 더욱 잘 느낄 수밖에 없다. 버스를 타고 오기까지와는 선명히도 다르게. 공포와 두려움을 떠올리기 전에 모든 것을 감내하고 바다로 왔건만, 계획이 흐지부지 흐트러질 것만 같았다.

두 번째는 가족. 내가 죽고 나면 남겨진 가족은 어떤 생각을 할까. 어떤 반응을 보일까. 상상력이 그다지 풍부하지 않았기에 내가 생각할 수 있는 한계는, 가족들을 그려내는 것. 내가 사라지고 난 이후에 날 걱정하는 가족들의 얼굴이 머릿속에 떠올랐다. 장례식장일까, 집일까. 그것도 아니면 무덤가일 수도 있다. 어느 곳이든 모두 표정이 좋지 않았다. 결과적으로 내 시체를 찾게 되면… 더는 생각을 이어나가지 못했다.

내가 죽으면 어떻게 변화를 맞이할까. 작은 변화라도 생긴다고 가정했을 때, 어떤 결과를 만들어 내고 마는 것인지. 생각은 어린 머리의 한계로 지속되지 못했으나 죽음에 관한 걱정은 나이를 불문하고 점점 더 커지기를 반복했다. 어렸던 나에게조차.

뇌에서 울부짖는 소리가 들렸다.

수많은 생각이 뒤엉키고 단어가 조각나며, 더는 생각조차도 이어나가지 못할 시점에 나는 누워 있던 상체를 일으키며 파도와 다시금 마주했다. 여전히 울렁이는 파도 소리는 멎을 새도 없이 지금이 기어코 현실임을 자각시켜 주기에 충분한 소재였다. 너무나도 잘 알았다. 깨닫고도 남을 증거들이었다. 어지러움은 제 두려움이고, 가벼웠던 발걸음은 내게 거짓된 마음에 불과하며 나는 죽을 용기 따위 없는 겁쟁이에 불과하다는 사실을. 확신도 없이 가방에 짐만 가득 챙겨와서는, 그게 뭐가 중요하다고 한 아름 챙겨서 이러고 있는 건지.

　나의 흔적을 지워내고 싶었다는 점만 인정하게 됐다. 내 흔적이 더는 세상에 존재하지 않았으면 하는 나의 회피적인 본능만이 자리 잡은 채 그대로였다.

　현실에서 어떻게든 도망만 치고 싶어 하는 이기적인 사람. 죽어서 흔적을 지우고, 이 현실이 나의 현실이 아니라고 멋대로 세뇌하고 남은 건, 이렇게 겁만 많은 방랑자 신세가 된다.

　의지를 잃어 무기력해진 몸에 힘이 빠졌다. 순간 나는 내게 살면서 단 한 번도 들지 않을 법한 혐오감을 부었다. 발신자, 이해민. 수신자, 이해민. 시작도 도착도 같은 곳에서 형성되는 깊은 내면의 혐오감. 계속해서 드러날 감각을 지우는 방법은 한 치의 거짓 없는 죽음을 마주하는 것 말고는 더 이상 없으리라고. 나는 그렇게 생각하며 다음 날에도 똑같이 바다로 향했다. 바다에서 태어난 두려움이 없어질 때까지.

　바다에서 태어난 두려움이 다시 돌아올 여지를 남기는 것보다 바다에서 죽어야, 그것마저도 바다와 하나가 되어 다시는 두려움이라는 고통의 감정으로 변모하지 않음을 확신했다. 그러고 싶었다. 확률 100%의 당첨 같은 확정 프로그램도 없으면서.

지금이 여름 방학이라서 정말로 다행이었다.

방학이란 시간 덕분에 아침 일찍 나가는 것도 허락된 사실이고, 내가 언제 돌아간다 해도 할 일이 없을 때가 부지기수. 무언가를 해야만 하는 어른 내지는 급한 일이 있는 고학력자가 아니었던 이유로 나는 언제까지고 이런 식으로 시간을 허비할 수 있었다.

아니었다면 뭐겠는가. 나는 또 학교에 갔다가 바다를 왔다가 밤늦은 시간이 되어서야 집에 들어가는 꼴이 되었을 것이었다. 내가 언제 들어와도 아무도 신경 쓰지 않으리란 걸 알지만 스스로 생각하기에 집 문소리가 너무 커 민폐를 끼치지는 않을까 걱정했던 탓이었다. 그러니 방학 때 점심쯤에 나와서 해가 전부 져버리기 전에 집에 돌아오는 게 가장 좋지. 물론 내가 죽는다면 이러한 걱정은 필요 없어질 테다. 죽어버리면 살았을 경우의 상황을 대비하지 않아도 된다는 점이 가장 좋았다.

내 죽음이 그렇게 복잡하지 않다는 사실을 깨닫기에는 파도가 다섯 번 동안 치는 사이에 전부 깨달았다.

죽음까지는 그렇게 오랜 시간이 걸리지 않았고—어차피 돌아가지를 못하니—, 죽음에 대한 고민은 아무리 오랫동안 이어져도 1시간이면 족했다. 그 이상으로는 내 머리가 생각하기를 거부했으므로.

생각을 멈춘 나는 그동안 멍하니 바다만을 바라보는 시간이 길었다. 바다에게 닿는 감상은, 사실대로 말해서 크게 없지만. 멍하니 바다를 바라볼 때면 나의 뇌는 운동을 멈춰서 모든 걸 포기하고 온몸에 지령을 내리지도 않으면서 가만히 존재하기만 했다. 내가 놓아버린 정신을 차릴 때는 이미 해가 내 시선 방향에 놓여 있을 때였다.

나는 붉게 물든 태양을 바라봤다. 항상 같은 자리를 맴도는 태양의 모습도 여전한지 궁금해서.

그래서 나는.

그다음 날도.
그 다음다음 날도….

그날 이후 나는 하루도 빠짐없이 바닷가에 갔다. 모래사장 위에 누워서 하늘을 바라봤다. 가끔 여름 소나기가 내려도 젖은 모래를 상관하지 않고 그 위에 누웠다.

우산도, 비옷도 없었다. 그저 외출복만 형식적으로 입었다. 여전히 감각은 두려움에 몸서리치고, 모래알은 항상 그렇듯 하나씩 세밀하게 느껴졌다. 어느 날은 머리 뒤편에 닿는 모래알까지 하나하나 느껴진 적도 있었다. 그때는 뒤통수에서 마치 벌레가 기어다니는 기분이라

오래 누워 있지 못했다. 혐오감이 한 겹씩 쌓여 만들어 낸 허상이었다. 그다음 날에는 버스를 타고 가는 도중에도, 모래사장에 드러눕기 전에도 뒤통수를 매만지고 모래를 손으로 한 번 뜬 후 퍼뜨리고 나서야 다시 누울 수 있었다.

날씨가 파랗게 개었다. 누워서 보는 하늘은 일어서서 보는 하늘보다 편안했다. 모래사장에 누워 있는 나의 이불이 되어주는 느낌이었다.

이래서 사람들이 하늘을 이불이라고 표현하기도 하는구나. 그러나 나에게 하늘은 이불이자, 그렇기에 나에게 닿아 이상한 기분을 자아냈다. 꼭 목까지 끌어 올린 이불에 답답함을 느끼고 더는 이불을 덮지 않고 잠드는 사람처럼, 나는 이불이 꼭 내 목을 죄어오고 있다는 기분이 들어 막상 하늘을 바라보지 못했다.

똑바로 바라보던 시선이 옆으로 흘러가면서 나는 바다에서도 하늘에서도 죽음의 기운을 나 스스로가 거부하고 있다는 사실을 깨달았다. 하늘도, 바다도 내가 죽는 데에는 아무런 영향을 끼치고 있지 않은데 나 혼자서 뭐라도 되는 것처럼 죽기 싫다는 생각만을 반복하고 있으니 퍽 우습지 않을 수가 없었다. 하늘을 원망할 수도 없고 바다를 싫어하지도 못하는 나로서 내 모든 선택의 주체는 나였다. 그렇다면 드는 의문이 몇 가지 있었다. 내게 답을 원하여도 생겨나지 못하는 질문들이 수없이 생겨나지만 나는 억지로 집어삼켰다. 다만 전부 숨기지 못한 끝에 나는 생긴 한 가지의 의문점을 반복해서 되물었다.

나는 왜 죽지 못하는 거지?

나에게 던지던 작은 고민이 커다란 걱정이 되어 돌아왔다. 사람에게 죽음이란 어떤 형태일까. 사후세계의 궁금증, 죽음의 느낌 따위가 궁금해서 이런 행위를 취하는 게 아니었다. 나는 죽고 싶었다. 그럼에도 죽지 못하고 살아 있다.

인간이라서. 인간의 두려움 탓에. 인간은 죽음에서 벗어나고 싶어 하는 본능을 타고난 존재라서. 그렇기에 나는 살아 있었다. 나 또한 본능을 이기지 못하고, 남겨질 것들과 직접적인 죽음에 두려워하고 있었다. 이는 한 번, 두 번, 세 번… 여섯 번… 열한 번. 나라는 인물에게 혐오감을 뒤집어씌우기 충분한 시간이었다.

난 죽을 수 없어. 죽지 못해. 죽는 게 너무 두려워. 나는 죽고 싶지 않아.

하루하루가 다르게 변하는 죽음에 대한 감상은 매번 부정적인 의미를 내포하고 있었다. 그래서 나는, 영원토록 모래사장에 드러누워 죽음을 기다리고 있었다. 내가 내 의지가 아니어도 어떠한 운명에 의해 명을 달리하거나, 자연재해가 날 휩쓸어 갈 수도, 범죄자가 나를 죽음에 몰아넣고 도망갈 수도 있는 노릇 아닌가.

나는 기다리고 있었다. 내가 직접 죽는 건 무서워서.

그럴 리 없다는 사실을 알기에 허영심에 죽음을 기다리는 것처럼 굴었다.

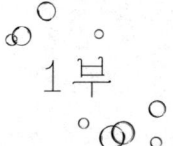

1부

소멸

여름 방학의 반이 지났다. 모래사장에 오는 것도 방학식 날로부터 16번째였다.

오늘은 시작부터 하늘이 어두웠다. 금방 비라도 내릴 것처럼 흐렸지만 다행스럽게도 일어났을 때 비가 오고 있지는 않았다. 물론 비가 와도 다를 건 없으니 굳이 우산을 챙길 필요도 없고, 날씨에 신경을 쓸 이유도 없지만. 그냥 눈을 뜬 시간부터 날이 흐리면 마음도 같이 물기를 머금은 듯 무거워지고, 축 처지는 기분이 들 때가 가끔 있었다.

일어나는 시간이 평소보다 5분 늦었고, 버스가 정류장에 도착해야 하는 시간보다 8분이나 더 걸렸다. 도로에서 사고가 나 차들이 빵빵거리는 소리가 들렸다. 고개를 휘적여 봤으나 보이지 않아서 포기했다. 때문에 도로가 막혀서 원래 도착하던 시간보다 훨씬 늦게 도착했다.

오늘은 이상하게 평소랑 전부 다른 날이었다. 어느 하나 맞지 않고, 꼭 다른 사람의 인생처럼 다르게 짜진 듯한 날. 내 것이라기엔 예상과 너무나 달라서 앞을 알지 못할 법한 그런 날. 그런 날에 내 목적까지 변하였다면 분명히 다른 사람이라 의심할 법도 한데도, 의심하지 못할 정도로 나는 그대로였다. 죽기 위한 의지를 찾기 위해서 바다로 가는 것. 내가 했던 행적이 어제도, 그제도, 지난달에도 찍혀 있었다. 나는 오늘도 똑같은 흔적을 남길 터였다.

절대로 변하지 않을 나의 흔적. 내 흔적은 나만의 것이니 모양도 내가 아는 그대로일 것이었다. 그러니 내가 원하는 대로, 원하는 흔적만을 지우는 건 가히 쉬운 일일 거라고 예상했다. 그렇지 않고서야 내 흔적만을 지우겠다는 판단이 이렇게 쉽게 이루어질 리 없었다.

내가 다른 사람으로 느껴지는 게 중요한 문제였다면 그랬던 것 같았다. 내 흔적이 어디에 남아 있는지 알아보기 힘들다고 해야 할까. 나는 나였기에 내가 남긴 모든 것을 알아보고 처리하고, 청소할 수 있으리라고 생각했는데 한순간에 사라진 나라는 존재의 구별법은 충분히 본인을 의문에 빠지도록 만들기 쉬웠다.

바닷가까지 버스를 타고 오던 중 물방울이 뚝 떨어졌다. 하늘에서 땅으로. 뚝. 뚝. 한두 방울 셀 수 있었던 빗줄기는 어디 가고 바닷가가 보이는 근처로 들어오니 빗방울이 거세졌다. 마치 터널을 지나고 난 이후에 바깥을 바라봤더니 다른 세상에 도착하기라도 한 듯.

내가 있는 이곳이 원래 알던 곳과는 확연히 달라진 것 같은 느낌을 받지 않을 수 없었다.

앞 창문의 와이퍼를 킨 버스 기사 아저씨가 창문을 닫아달라고 요청하는 걸 들었다. 좌석에 비가 튀는 건 나도 크게 원하지 않았던 탓에 나는 대답 없이 그 말을 따라서 창문을 닫았다. 온 공간이 막힌 버스는 조금 더웠다. 아마 기사 아저씨는 아직 여름의 더위를 느끼지 못하신 걸지도 모르겠다.

버스에서 내린 바다의 냄새는 어제보다 짠 느낌이 강했다. 아니, 비렸다. 이건 비린내였다. 기분 나쁜 비린내.

제대로 관리되지 않은 아쿠아리움이나 갓 잡은 물고기들이 덩그러니 놓여 있는 수산시장. 그것보다도 좀 더 불쾌한 비린내. 이러한 냄새를 버티기 어렵다면 역하다고 그 자리에서 게워 내기에 충분한 그런 냄새. 쉽게 말해서, 태어나고서 단 한 번도 느껴본 적 없는 감각이었다. 그러나 나는 이것에도 얼굴을 찡그리지 않았다. 그럴 필요가 없었다.

　비가 폭우처럼 내릴 때도 전부 맡고 돌아갔는데, 이런 냄새에 익숙해지지 않는 편이 더 이상했다. 비린내 따위가 중요한 게 아니라 죽음을 기대하는 바다의 변화를 몸소 체험해 보는 쪽이 좋다고 생각했다. 사람은 적응의 동물이라고 하지 않는가. 내가 만일 이러한 변경점에 익숙해지지 않아서 죽을 때 내 몸이 생각과는 다른 방향으로 흘러갈 수도 있는 노릇이고, 생각 외로 쉽게 바닷속으로 빨려 들어가지 않을까 봐 생겨나는 불안과 걱정에 불과했다.

　내가 생각하는 것과 다르면 더 아플지도 모르잖아. 아플까 봐 죽는 게 무서워졌는데, 내 감각을 몇 번이고 죽이려고 그렇게나 노력했는데. 겨우 생겨난 문제점이 이 따위의 것이면 나는 필시 죽지 못할 터였다. 그런 변수는 이전에 제거해 두는 편이 옳았다.

　비가 점점 폭우처럼 내렸다. 폭우라기보다는 오히려 천둥번개를 동반한 최악의 태풍우 같은 날씨라고 설명하는 게 맞는 것 같았다. 미국 캘리포니아를 관통하는 그런 허리케인까지는 아니더라도, 한국에서 발생하는 사건 치고는 꽤 큰 문제의 날씨 같았다.

아, 당연한 말이지만 나는 별로 신경 쓰지 않았다. 이것도 저것도 신경 쓰지 않는 게 무던하단 뜻은 아니고. 그냥 신경 쓸 필요를 느끼지 못했다. 말 그대로 이것도, 저것도. 내가 말한 전부는 그런 느낌이었다.

다행이라고 해야 할까. 내가 바다에 가기까지 지나가던 사람은 없었다. 우산을 쓰지 않고 돌아다니는 어린애한테 눈길을 줄 만한 사람이 없었다는 뜻이었다. 또 아무렇지 않게 모래사장에 드러누울 수 있다는 뜻이기도 했다. 버스 정류장에 내릴 때 기사 아저씨가 나를 이상한 눈빛으로 쳐다본 것을 제외하면 나를 제지할 사람이 없었다. 기사 아저씨도 딱히 막지 않았으니 말 다 했지.

가지고 온 짐은 물건을 바꿔 넣은 적이 없어 여전히 가득 들어차 있었다. 오늘도 변함없이 짐을 옆에 두고 모래사장에 머리를 대었다. 이번 처음 느끼는 감상은 축축하고, 뜨거웠다.

열감이 떠올랐다. 바닥에 아지랑이라도 피어오르는 것 같았다. 멀리서 달려오는 버스 옆이 울렁거리면서 세상이 흐트러지고 있는 듯한 모습. 그럴 때마다 눈을 비비고 모르는 척을 했지만 역시, 지금 모래에 가득한 건 수분이 아니라 햇살이었다. 알 수 있었다, 내가 그 아지랑이 자체가 된 것 같았으니까.

여름의 온기는 빠져나가지 못하고 물기까지 머금었다. 모래가 서로 달라붙고 무거워졌다. 그 덕분인지 모래 안으로 빨려 들어갈지도 모른다는 상상은 불가능해졌다.

손끝에 닿는 모래알의 촉감도 선명하지 않았다. 한 뭉텅이가 되어 짚이는 모래가 원래의 형태를 잃고 진흙처럼 후두두 떨어졌다. 나는 그 모습을 눈에 담았다.

내가 기억하던 모래와 다른 것. 비가 올 때도 몇 번씩이나 봤지만 오늘따라 이상했다. 모래가, 모래가 아닌 것 같고. 떨어지는 빗방울의 형체가 제대로 보이지 않았다. 모래에 마찰할 때 스며드는 형태를 집중해서 바라봤다. 오늘은 죽을 수 있을 것 같았다. 그런 충동이 물밀려 들어오듯 생겼다.

빗방울이 물에 스며드는 것처럼 나도 바닷속으로 스며들 수 있을 것 같은 느낌을 받았다. 이대로 발걸음을 옮기면 곧장 바다로 뛰어들 수 있을 것 같았다. 바다도 나를 받아줄 준비가 되어 있다는 게. 어쩐지 죽음이 무섭지 않았다. 두려워할 필요 없어. 귓가에 맴돌았다. 한 마리, 두 마리, 세 마리. 벌레처럼 윙윙거리면서 반복해서 말했다.

두려워하지 마.

언제부턴가 내 귀에 벌레가 살았다. 그들은 가끔 입을

열며 내 의지를 관철하기 시작했다. 전에는 죽는 게 두렵다면서 울더니 이제 와서 죽음을 두려워하지 말라니. 길을 잃은 인간에게 달콤하게도 속삭였다. 내 귀에 들이꽂듯 들리는 그들의 울음소리에 나는 벌레들의 의지에 동화되어 결말까지 선택하고 말았다.

내 귀에 사는 벌레들은 이곳에 집을 짓고 마치 자기들의 원래 고향인 것처럼 굴었다. 죽을 생각도 하지 않고 평생을 걸쳐 되살아나거나 탄생하기만 하는 벌레들을 나는 잡을 방도도 없었다. 내 귀 안에 살아가는 것들을 어찌 죽일 수 있겠는가. 그저 바다에 들어가면 내가 물을 머금음과 동시에 벌레들도 숨을 쉬지 못해 다 같이 침몰하고 말겠지. 그러니 상관없었다. 벌레가 앵앵거리는 소리 따위에 신경을 쓰지 않고 지금 들리는 소리는 전부 내 의지로 바꾸어 버리면 되었다.

바다로 뛰어들고 싶은 충동은 나에게서 나온 것이고 내가 바다로 향하는 이유는 바다가 나를 부르고 있기 때문이라고. 귀에 있는 벌레들은 더 이상 존재하지 않으리란 걸 알고 있으니. 파블로프의 종소리를 들은 개처럼 내 고개가 저절로 바다가 있는 방향을 바라봤다.

오늘의 바다는 회색빛으로 일렁였다. 색을 전부 빼앗긴 세상이 흑백 톤의 만화 속에서 생겨난 것 같았다. 회색 하늘, 회색 파도, 회색 건물. 회색의 나… 두 눈으로 보는 내 손바닥까지 회색빛이 되었다. 색을 잃은 건 어느 쪽일까. 내가 빼앗긴 걸까, 내가 빼앗은 걸까. 색이 없는 세상에서 나는 무엇을 해야 할까. 손을 한 번 쥐었다 펴니 내 몸과 옷 색이 돌아왔다. 몸속의 혈액이 도는 것처럼, 손을 다시 쥐었다 펴니 혈색이 돌았다. 이 세상에서 오로지 나만이 색이 있는 존재였다.

나도 그들과 똑같아질 수 있다. 바다는 그럴 힘이 있었다. 색을 빼앗는 물은 항상 물감을 지워내어 주었으니, 바다도 마찬가지일 터.

나를 회색빛의 사람으로 만들어 줘.

나 또한 모든 것과 같게 변하여서는 특별함도 없이, 모든 것에 스며들어 나라는 존재를 지워줘. 지우고 지워서, 더는 색이 남아 있지 않을 때까지. 회색마저도 없어져서 내가 누구인지 알아보지 못하게 해줘. 색이란 건 존재를 증명하는 방법이잖아.

잿빛의 바다가 이리 오라고 손짓한다.

아무런 색이 없는 물결이 나에게 다가오다가 뒤로 도망간다. 이질적인 나에게 색을 빼앗을 수 있는 물이 모두와 똑같이 만들어 줄 수 있다며 나를 유혹했다. 바다의 제안에 나는 일말의 고민도 없이 고개를 끄덕였다. 손을 뻗으면 금방이라도 잡아줄 바다. 잡힌 손에서부터 천천히 색을 빼앗겨 나도 회색빛의 사람이 될 것이었다.

모래사장에서 일어난다. 두 발을 땅에 딛고 서서 앞으로 쭉 뻗었다. 철퍽. 물에 젖은 진흙을 밟는 소리가 났다. 철퍽. 늪에 발이 묶인 듯한 촉감이 느껴졌다. 무중력의 상태에서 떠다니는 우주 쓰레기처럼. 감각이 연해진 지금, 모든 걸 무시하고 나는 바다를 향해 걸어갔다. 여름의 따스함을 머금고 있을 바닷속으로. 하늘빛의 바다에서, 푸른색으로 변하였다가, 점점 검은색으로 칠해질, 색을 잃은 미지의 공간으로. 옅은 파도가 내 발목을 적셨다. 역시나. 생각한 것보다 훨씬 따뜻했다.

빗물이 뒤섞여도 바다는 본연의 따스함을 잃지 않았다. 죽음마저도 따스하게 감싸줄 것만 같은 바다의 안으로, 나는 거리낌 없이 걸어갔다. 바람 탓에 앞으로 향하기가 어려웠다. 그럼에도 나는 내가 할 수 있다는 걸 알았고, 내 다리는 말에 담긴 의미를 이해해 멋대로 날 바다로 끌고 들어갔다.

사람의 생존본능. 어떤 본능이든 뛰어넘는 생존의 중요성을 인간의 몸은 알고 있다. 내가 전까지 느꼈던 감정까지 모두, 생존본능으로 대신할 수 있는 그러한 감각. 그럼에도 내가 본능을 이겨낸 것은 죽고 싶다는 열망이 더욱 커졌기 때문이었다.

 죽는다는 건 뭘까?

 인간은 어째서 살아가기를 고대하는 건지 잘 모르겠다. 몇 번 심사숙고해서 결정한 삶이 결국에는 죽음으로 흘러갈 테면, 생존본능이 그리 강한 것인지도 잘 모르겠고. 그냥 전부 의문이었다. 그 의문을 내가 직접 해소하기 전에, 또는 간접적으로 무언가에 의해서 해소되기 전에, 전으로 돌아갈 수 없는 나를 위해 해결해야만 했다. 내가 원하는 죽음. 몸이 먼저 움직이는 본능. 생존보다 강하고, 운명처럼 다가오는, 벗어나지 못하는 죽음의 입으로 걸어 들어갔다. 그림자가 내게 드리워진 것 같았다. 하늘이 어두워 그림자가 생길 리가 없는데도. 그러면 지금 내가 보고 있는 이것은 그림자가 아니라, 어쩌면 나의 또 다른.

 생각이 끊겼다. 흘러가기를 그만뒀다. 생각을 이어가면서까지 좋은 건 없었다. 계속 뇌를 굴리면 꼭 금방이라도 내가 생존에 관한 욕심을 되찾을 것 같다는 저지였다. 나는 이를 알았다.

 뇌와 다리의 합작. 아름답고 조용하게 모두를 집어삼

키고 있는 바다의 앞에서 나는 다시 몸을 눕혔다. 머리를 대자 입에 넣지 않은 소금기를 내가 직접 입을 열어 머금은 것만 같았다. 이대로 누워 있으면 바다가 나를 데리고 바다 안을 구경시켜 주겠지. 어쩌면 바닷속에는 동화책 이야기처럼 용궁이 있을지도 모르고, 영화처럼 침몰당한 배가 있을지도 모르고, 사이사이 부서지기 직전인 백골의 시체들이 산처럼 쌓여 있을지도 모르지.

그들의 의지가 나와 같았을지도. 나처럼 죽을 용기를 가지고 바다의 손길에 이끌려 온 사람들일지도 모른다.

나는 바닷속이 궁금했다. 정확히는, 내 목적을 달성하고 남은 시선에 마지막으로 기록될 바다가 궁금했다. 그 속에는 어떤 걸 머금고 있을까. 태양의 햇살은 물결 표면에서 끝나니, 기록되지 않은 깊은 곳에는 어떤 보물을 숨겨두고 있는 걸까.

모든 것을 앗아가는 파도야, 삼켜버리는 파도야. 너는 이다음에는 무엇을 먹고 싶니.

아, 그렇구나. 다음은 나였구나.

입을 크게 벌린 바다가 날 금방이라도 집어삼킬 듯 매섭게 굴었다. 파도가 내 위를 덮치고 나는 가득 퍼진 모래알과 함께 물살에 떠밀려 갔다. 인간의 몸은 파도 한 번에 사라졌다. 그 자리에 있었을지도 모르는 인간의 발자국을 남기고. 조금만 더 비가 내리면 그마저도 사라져, 내가 이곳에 있었다는 흔적조차도 남지 않겠지. 짐을 가지고 이 바다로 온 것처럼, 내 흔적은 어디에도 있을 수 없고.

진한 나의 색이 바다에 의해 씻겨나간다. 아직 마르지 않은 색이 섞이다가 하얗게 바래다가 이제는 색마저 인지하지 못하도록 빼앗았다.

드디어 죽을 수 있다. 심장 고동이 천둥처럼 들렸다. 철썩, 파도가 치고 물로 돌아가는 소리에도 지지 않고 커다란 심장은 아직 살아 있음을 명확히 알려주고 있었다. 그러나 난 곧 죽을 거야. 헤엄치지도, 소리 지르지도 않을 거고. 버둥거리지도 않으면서 바닥까지 추락할 거야. 파도가 아직 나를 우적우적 씹고 있으니 당연하게도 난 바다에게 소화되기까지 기다려야 했다. 그사이에 바다 안에는 무엇이 있는지 두 눈에 담고 싶었다.

무엇이 있을까, 바다야. 너에게는 무엇이 보물이니. 나는 궁금증을 참지 못했다.

죽기 직전에 남긴 기억은 내 영혼에까지 종속되어 나로서 남을 터. 두 눈을 떴다. 눈동자에는 호기심이 서렸다. 그러나 내가 마주한 바다에는 아무것도 존재하지 않았다. 궁전도, 침몰한 선체도, 시체도, 그 무엇도. 물고기가 헤엄치는 모습조차 없었다.

생명의 흔적은 원체 없었던 것처럼 뿌연 안개가 내 눈을 뒤덮었다. 내 눈이 가려진 건지, 바다가 제 본모습을 숨기고 있는 것인지. 바다는 내게 제 보물을 보여줄 생각이 없는 듯했다. 나는 죽음 이후에도 허락되지 않을 걸 알았다. 내 시선은 이제 이곳에 남아 있지 않을 테니까.

나는 바다의 보물이 될까, 쓰레기가 될까. 이질적인 존재가 바다의 안으로 침범했으니 나는 침입자가 되는 걸까? 제 운명을 직감하지 못한 인간은 그저 눈꺼풀을 아래로 내리며 시선을 감추는 것 말고는 할 수 있는 게 없다. 두 눈을 감고 아무것도 보지 말자. 아무것도 몰랐던 걸로 하자. 나는 내가 죽고 난 다음에 생길 운명까지 알고 싶지 않아. 그건 아직 두려운 거 같아. 희미한 빛 속에서 내가 몰아쉬는 숨이 하얗게 보였다.

반짝.

반짝반짝.

눈을 감기 전에 나는 보았다. 새하얀 진주가 바다를 떠다니는 것을. 반짝이는 진주를 엮어 목걸이를 만든 건 아닐까 싶을 정도로 진하게 반짝였다. 눈을 감아도 일렁이는 새하얀 빛에 나는 내 동공이 하얀빛에 잠식당하였음을 깨달았다. 빛이 번져 어두운 공간 안에서도 진하고 섬세하게 퍼져나가고 있었다. 무엇이었는지는 믿어 의심치 않았다. 너무나도 선명하게 보였기 때문에.

물살에 양옆으로 퍼져 해초처럼 울렁거리고, 때는 가닥가닥 분리되어 각자 헤엄치고 있는 기분을 느끼게 하는. 그건 틀림없이 사람의 머리카락이었다.

나처럼 물 안에서 헤엄치고 있는 사람. 헤엄치고 있는 게 맞던가. 나처럼 힘을 쭉 빼고 아래로 가라앉고 있었던 건…, 아니다. 분명히 그것은 아니었다. 의지를 가지고 제 방향으로 향하고 있었다는 사실을 알지 못할 수 없었다.

하얗게 센 바다의 물결에도 내 시야는 온전했다. 완전한 두 눈으로 봤다. 그렇다면 괴물이 아니라 결국 사람이라는 결론만이 남았다.

해양생물에 대한 지식이 부족했을뿐더러, 나는 바다에 대해서 관심이 많은 아이도 아니었으므로. 머리카락을 가진 물고기, 사람, 인간, 인어? 어쩌면 물속에 있는 건 인어가 아닐까? 새하얀 진주를 닮았잖아. 인어가 아닐지도 몰라. 그렇지만 인어처럼 헤엄치고 있어. 무지했기에 떠올렸다. 지식의 축에도 들지 못하는 어린아이의 멋쩍은 상상은 이쯤에서 한계를 보이기 충분했으나 나는 여전히 그것을 인어라고 생각했고 꺾을 마음을 내보이지 않았다.

파도의 포말을 닮은 머리카락 색. 이는 내가 물살을 잘못 인식하였을 수도 있다. 나는 눈을 비비고 싶어 팔에 힘을 더했다. 들어 올리지 못했다.

안타깝게도 물속에서 빠져버린 힘은 근육으로 되돌아올 생각을 하지 못한다는 게 불쌍할 따름이었다. 그렇기에 내 시선을 다시 번뜩이는 건 최악의 선택으로 남았다. 그럼에도 시선이 기록한 대로라면 그건 확실하게 인간의 머리카락이었다고 대답할 수 있었다. 새하얀, 아름다운 보석의 머리카락. 따스한 바다의 하얀 머리카락은 눈처럼 시릴 수도 있다. 그럼에도 손을 뻗어 닿아보고 싶었다. 정말로 진주로 만들어졌을까.

나의 첫인상처럼. 무수한 생명이 살아가는 바다에서 나타난 너는 도대체 누구지? 너도 바다가 숨긴 보물 중의 하나일까?

죽음의 직전에 눈을 떠서, 그것을 궁금해하다간 또다시 죽기 싫어질지도 모르니까. 기어코 눈은 뜨지 않았다. 잘 참아냈다.

옷이 물을 머금으면서 나는 점차 무거워졌다. 중력을 이겨내지 못하고 물에서 뜨기는커녕 아래로 떨어지다가, 감각이 희미하게 남아 있을 때쯤 다시 눈을 떴다. 이곳이 사후세계인 줄로만 알아서 내 죽음을 확정 짓기 위해.

시선이 밝았다. 바다의 암흑에서 눈을 잃었다가 마주한 세계는 하얀색이었다. 좀 전의 진주처럼 하얀 존재를 마주해서 정말로 시력을 잃은 건 아닐지 잠깐 걱정했다. 그러나 내가 죽었다면 그러한 고민도 전부 무쓸모일 터.

나는 여기가 천국일 리는 없다고 생각했다. 내 스스로 바다에 뛰어들어 죽은 영혼을 누가 가엾게 여겨 천국으로 보내주려나. 지옥이 아님을 다행으로 여겨야지. 어쩌면 판결받기 전 사후의 재판장일 수도 있다. 나는 어떤 죄명을 받아 지옥으로 떨어질까.

천천히 앞이 돌아오기를 기다렸다. 고요하고, 정적이며, 생명의 흔적이 어디에도 존재하지 않는 장소. 내 귀에 들리는 건 죽기 직전까지 들었던 파도 소리였다. 동공에 닿는 빛이 반사되어 앞 사물을 볼 수 있게 되었을 즈음 흐리기만 했던 초점이 되살아났다. 여긴 모래사장 위였다.

이상했다. 분명 그래서는 안 됐다.

나는 바다로 빨려 들어갔었다. 그리고 잡아먹힌 채 소화되기까지 기다리고 있던 나에게 이런 허망한 끝은 있을 수 없었다. 어떻게 죽음을 결정했는지는 내가 제일 잘 알았다. 무감각의 손끝, 희미해지는 숨, 흐렸던 시선. 이 모든 건 죽음을 마주했다는 증거였다. 그럼에도 나는 여전히 살아 있었다. 아니, 아니야. 내가 아직도 죽을 용기 따위 없었던 평범한 인간에 불과했나? 또다시 환상에 빠져 내가 죽을 수 있다고 믿고, 모래사장에 누워 꿈이라도 꾸었던 것이라면. 나는 여전히 회피하고 있는 도망자 신세에서 벗어나지 못했던 것인가?

있었던 모든 일이 꿈 같았다. 몽상가가 된 기분이었다. 그것보다는 거짓말쟁이가 적합했다.

가쁘게 내뱉어지는 숨, 폐에서부터 물이 올라왔다. 울컥, 내뱉어지는 액체가 전부 짠 바닷물이었다. 아무리 생각해도 이상했다.

젖은 옷에, 토하듯 꺽꺽대는 숨은 내가 물에 빠져 있었음을 직시하는 증거였다. 그럼에도 나는 물이 아닌 모래사장 위에서 눈을 떴다. 내 의지로 빠져나온 것이 아닌데도 불구. 물을 전부 뱉고 나서야 아파져 오는 폐는 내가 여전히 살아 있음을 또다시 상기시켜 줬다. 한동안 폐가 있는 부근의 복부를 붙잡고 땅을 머리에 박은 채 일어나지 못했다. 쿡쿡 찌르듯 아파졌다. 죄인에게 내려치는 돌팔매질처럼 거세게 몽둥이로 내려친다 한들 이것보다는 아프지 않을 테다. 숨도 삼키지 못하고 침만 흘리고 있다가 아픔이 조금 가시고 나서야 모래사장에 흐른 침을 뱉고는 상체를 일으켰다.

꿈이 아니었다. 지금 일어나는 이 모든 상황이 현실로 다가왔다. 꿈도, 망상도, 거짓도 아닌 세계. 내가 살아난 것도, 바다에 빠진 것도, 그 속에서 보았던 진주도….

진주. 진주? 인어, 인간.

어느 쪽으로 불러야 하는지 몰랐다. 그냥 생각나는 단어를 머릿속에서 나열했을 뿐이었다. 결론적으로 도달한 답은 인간이었으나, 나는 그 존재를 인간이라고 생각하지 않았다. 생각을 내던졌다. 신비로운 존재. 다음을 기약할 수도 없을 미지의 것. 그렇게 다짐하고 또 떠올렸다. 다음에도 만나려면 바다로 뛰어들어야 볼 수 있는 건 아닐는지.

여전히 눈앞에는 진주처럼 빛나는 하얀색 머리카락의 주인이 그려졌다. 얼굴을 마주한 것도 아니고 한 명분의 머리카락만을 눈에 담았다고 해서 이렇게나 오랫동안 기억에 남을 수 있는가에 대한 의문이 들었다.

　멍하니 바다를 바라봤다. 흔적도 없이 고요해진 바다. 뛰어들기 전과는 너무나 다른 풍경. 잠잠해진 파도에 나는 또 빠질 생각을 못 했다. 살아나는 것에 대한 두려움도, 죽음에 대한 괴로움도 알맞지 않았다. 잔잔한 바다에 빠지면 보지 못하리라는 상실감. 묘한 이끌림에 나는 바닷가에서 발길을 돌렸다. 나는 노을이 지고 있는 하늘을 눈에 담았다. 노을빛이 보라색이었다. 이상함에 고개를 돌리면 해가 지는 방향이 바다의 수평선이라는 사실을 깨닫는다. 하늘과 바다가 나눠진 지점에서 해는 제 모습을 감추기에 급급하다.

　마치 태양마저도 바다에 잡아먹히고 있는 것처럼. 점차 모습이 사라져 어디에도 해의 흔적이 남지 않았음에 나는 태양이 바다로 뛰어들었음을 직감했다. 오늘의 해는 파도가 되어 사라질 테다.

　이제 정말 집에 돌아갈 시간이었다. 노을은커녕 빛 하나 들지 않는 거리에 금방 버스가 끊기는 바다 근처 특성상 빨리 정류장으로 돌아가지 않으면 난 꾸역꾸역 집으로 걸어가야 했다. 버스를 타고 갈 때보다 몇 배는 되는 시간을. 그건 사양이다.

　정류장에 있는 버스에 늦지 않게 도착했다. 흠뻑 젖은

어린아이를 향한 버스 기사님의 눈이 놀란 고양이처럼 커졌다. 아무렴 우산도 없이 이 폭우 속에서 버스를 타는 아이를 보는 버스 기사의 마음도 이해가 갔다. 차마 물어볼 수조차 없어 눈으로 흘기던 버스 기사님은 나밖에 없는 손님을 태우고 몇 정거장을 뛰어넘어 갔다. 비가 이렇게 많이 오는 날에 바닷가를 가는 손님이 얼마나 있겠냐마는, 이렇게나 없을 줄은 몰랐다. 물론 내게는 중요하지 않았다.

눈의 초점이 잘 잡히지 않았다. 비에 가려져 바다의 모습이 흐렸다. 당장 눈앞에 있는 하차 벨에도 집중하지 않으면 흐리고, 흔들리는 것처럼.

피사체가 눈에 잘 잡히지 않아 몇 번 눈을 감았다 떴다. 버스가 달달거리며 움직이는 소리, 꿉꿉한 공기에 습한 온도까지 더해진 여름날의 기분은 나의 체력이 바닥을 치게 만들기에 충분했다. 스르륵 감기는 눈꺼풀의 무게를 이겨내지 못하고 나는 버스 창가에 기대어 쪽잠을 청했다. 비 오는 도로. 규정 속도를 준수하며 달리는 버스 덕에 놀라 깨는 일은 없었다.

자연스레 떠진 눈을 손으로 비벼 깨웠다. 꾹 눌린 압박감에 동공이 축소되었다가 다시 커지며 앞을 향한 시선이 선명해졌다.

창문가로 훑어본 거리는 퍽 익숙한 골목이라, 나는 항상 그랬듯 하차 벨을 눌렀고 집 근처에 있는 버스 정류장에서 내렸다. 구름에 구멍이라도 뚫렸나. 그칠 새 없이 내리는 빗방울이 아까보다 더 굵어졌다.

담장, 옥상, 바닥, 창문. 두드리는 모양새가 꼭 드럼 같았다. 박자도 음정도 없이 시끄럽기만 한 소음으로. 드럼 채가 아니라 마치 발로 차버리고 있는 듯했다. 그 사이를 걸어 다니는 내 발소리가 빗물에 감춰 사라지고, 내 흔적이 더 이상 남아 있지 않은 길목에서 나는 한번 뒤를 돌아봤다. 바다에서 꽤 멀리 돌아왔다. 바닷물이 불어나며 아까와는 다른 해수면의 높이를 가늠할 법했다.

이 정도의 비가 오면 바다는 얼마나 높아질까. 가능하다면 마을을 전부 집어삼킬 정도만큼 커졌으면 좋겠다고 빌었다.

내가 직접 바다로 가서 죽음으로 발걸음을 옮기지 않아도 되기를. 집어삼켜진 마을에는 내 흔적이 남아 있지 않을 것이 확실하다. 이곳에는 사람이 살았다는 흔적만을 남기고 모두 함께 저 밑으로 빠져들어 가자고. 그렇다면 이건 나 혼자만의 결말이 아닐 수도 있지 않겠는가. 이뤄질 리 없는 상상을 이어봤다. 안 된다는 걸 알기에 나는 고개를 돌려 집 방향으로 다리를 움직였다. 발이 물을 먹어 무거웠다.

 어쩌면 내 심장이 물을 먹은 걸지도, 내 가죽이, 근육이, 뇌가 물을 먹은 걸지도. 내 생각까지 물을 먹어 한참 무거웠다.

 집에 도착했다. 어제도 눌렀던 도어록 비밀번호를 따라 찍어내 경쾌한 알림과 함께 문이 열리면 손잡이를 잡고 돌리고 내 쪽으로 당겼다. 기름칠 되지 않은 문이 게걸스러운 소리를 내며 빠득, 빠득 열렸다. 닫힐 때마저 귀신의 곡소리가 울렸다.

 한바탕 집 안에 소음이 울려 퍼졌다. 그럼에도 그 소리의 정체를 확인하기 위해 나오는 사람 하나 없었다. 이쯤 되면 집에 아무도 없는 것일까, 의심하기 일쑤다. 그러나 눈에 담은 집의 풍경은 그저께도, 어제도 같은 쌀쌀한 공기가 떠돌았다.

 부모님은 각자 할 일을 하고 계셨다. 자식이 비를 홀딱 맞고 들어와도 눈길 한번 흘기지 않는 쓸쓸한 반응이었다. 버스 기사와 확연히 달랐다. 어느 쪽의 친자식인 건지 헷갈릴 지경이었다.

 나는 부모님의 반응이라도 끌어내 보려 문 앞에서 한참 동안이나 서 있었지만 내 눈빛도, 생각도 읽어내지 못한 부모님이 내게 시선을 두는 일은 없었다. 내가 평소보다 늦게 들어와도, 평소와는 모습이 많이 달라도 일말의 관심도 없었다.

  나는 무관심 속에 익숙한 듯이 수건을 쥐어 방으로 들어갔다.

  잠이 오지 않는 새벽의 기운이 역력했다. 달이 중심에 있는 하늘. 밝다기에는, 달이 홀로 내는 빛이 아니기도 하고 지금 보고 있는 빛들이, 달빛보다 강한 길거리 전등이 바깥의 빛을 대신해 주고 있었다.

  여름인 탓에 전등 아래를 날아다니는 벌레까지 자세하게 보고 싶지는 않았다만. 늦은 밤이 되니 날씨가 알아서 괜찮아졌다. 계속해서 곁을 맴도는 습한 공기만이 좀전의 날씨를 이야기해 주고 있는 듯했다. 가만히 풍경을 눈에 담고 있던 나는 여태 늦어버린 하늘을 바라보면서 시계로 고개를 돌렸다.

  마지막으로 시계를 봤을 때가 11시를 조금 넘겼으니 아마 지금은 하루가 지나지 않았을까 하고 예상했던 정도였는데. 생각보다 시간이 많이 지나 있었음을 깨달았다. 시침이 1을 약간 지난 상태. 다음 날이 된 건 물론이고, 그러고도 1시간을 더 보낸 후에야 내가 새벽이라는 사실을 알아차리다니.

내가 이런 시간까지 잠자리에 들려고 노력했으면서도 깨어 있었냐고 하면, 사실 스스로도 어떤 이유에서였는지는 모르겠다.

그냥 오늘따라 잠이 안 오고, 자려고 누워봐도 눈이 반짝거리는 그런 시간이 있지 않은가. 소위 불면증이라고 부르는 병명을 지닌 것도 아니매 하루 정도 잘 필요가 없다고 몸이 느끼는 현상 같았다. 하나도 피곤하지 않았다.

나는 이런 밤을 일탈이라고 불렀다. 제시간에 잠에 들고 일어나야 하는 인간의 몸을 망가뜨리기에 더욱이나 좋은 밤샘을 욕망도, 욕구도, 호기심도 아닌 그저 그런 상태 때문에 이뤄지는 것은 내가 원하지 않아도 알아서 선택했다.

밤을 새우는 경우는 많지 않지만, 가끔 잠이 오지 않을 때면 악기도 건들지 않고 침대 가운데 앉아 있거나, 눈을 붙여보거나, 그것도 안 되면 책상 위 오선지를 펼치고 의자에 앉아 있었다.

오늘은 그럴 정신도 아니었다. 아무도 없는 바깥을 바라보면서 오늘의 일을 생각하고, 딱히 내일을 기대하는 행동을 취하지 않는다는 정도에 그쳤다. 그러나 오늘이 평소와는 달랐던 이유가 있다면 이는 필시 마주했던 존재의 불완전한 인식 탓에.

 나는 바다에서 본 인어의 정체를 알지 못했다. 얼굴도, 눈도, 어디 하나 마주치지 않았으면서 깨닫는 식으로 열려 있지도 않은 내가 할 수 있는 것이라고는 밤새 그것에 대해서 열광하듯 상상할 뿐.

 옅어지는 열기에 식어버린 공기에도 궁금증은 열과 성을 다해서 굴러가고 있었다. 시간이 흘러감과 동시에 나는 잠에 빠지기는커녕 이뤄지지 않을 기대에 호기심을 걸어보는 게 전부였다.

 첨벙.

 첨벙.

 내가 기억하고 있던 물소리와 그 사이에서 헤엄치고 있는 인어의 모습. 의심하지 못하고 그 존재에 대한 의문을 내 호기심과 욕망에 집어넣어, 마치 내 귀에 들리는 이 바닷소리가 진짜처럼 들리는 환상에 빠져들었다.

 생각하면 할수록, 밤이 흘러가는 쪽에 신경을 쓸 게 아니라 미지의 존재에 열광을 품을 수밖에 없었다. 당연하지. 시계가 째깍거리며 초침이 일정한 박자에 맞게 움직이는 모습. 신경 쓰일 정도로 커다랗게 울리는 시계의 소리도 무시한 채 나는 내 생각에 빠져 하나에 집중하다가도 퍼뜩 떠오르는 정식에 어떻게 할 수도 없이 고개를 떨궜다. 밤이 끝나고 해가 떠오를 때까지 하나도 깨달은 사실이 없었다.

여전히 존재하는 호기심은 크기를 더욱 키웠으나 나는 그만큼 똑똑하지 못해서. 판단하고 난 이후의 결론도 최종적이지 않았다. 최종의 최종의 최종 같은 느낌으로.

그렇다고 확정한 것도 아니고 어떤 내용에 도달한 쪽도 아니었다.

내 예상과, 그저 생각하기만 한 불가사의한 일들. 인터넷에 떠도는 소문의 확장 정도로 상상하고 나는 그 실체에 대한 의문을 갈무리하지 못한 채 해가 뜨는 하늘을 바라봤다. 모든 것이 불가능하다고 느낄 때가 되어서야 흐릿해지는 정신에 이제 내가 잠에 들 몸 상태가 되었다고 생각했다.

해가 다 뜨고 있는데 지금 와서? 괜찮다. 한 3시간만 자고 일어나서 어제 갔던 그 바다로 가면 됐다. 내가 온몸을 집어넣고도 궁금한 상대에 의해 살아난 그 바다에. 무엇을 숨기고 있는지 알지 못하는 생명체에 대한 의문을 품속에 집어넣고 말이다.

환생

 일찍 눈이 떠졌다. 해가 거의 뜬 시간에 잠에 들고, 햇빛이 온전히 하늘은 뒤덮은 때가 되어서야 깰 수 있었다. 늦게 잔 것 치고 매우 일찍 일어난 편이긴 했다. 새가 지저귀는 소리가 유난히 커다랗게 울렸다. 어제 비가 세차게 내린 덕분에 오늘의 날씨는 깨끗하고 맑았다. 어제 비가 왔음을 암시하듯 길거리 곳곳에 모인 웅덩이가 아니었으면 어제 바다에 갔던 것부터 비가 왔던 것까지 꿈이라고 인식했을지도 몰랐다. 다행스럽게도 어제 그렇게나 비를 맞고, 바다에 빠지기까지 했어도 감기에 걸리진 않았다.

 아직 감기의 징조가 나타나기 전일 수도 있었다. 오늘은 감기 증상이 보이지 않으니 바다에 가는 건 오늘의 내가 할 수 있는 일이었다. 내일의 내가 아픈 건 내일의 내가 알아서 할 일이었다. 무엇보다 내가 아파도 집에 있는 것보다야 나았다.

버스는 전날과 다른 기사님이었다. 아무렇지 않게 문을 열어주셨고 나는 버스에 올라탔다. 내가 앉기도 전에 버스가 출발해 하마터면 뒤로 엉덩방아를 찧을 뻔했지만 급하게 벽 쪽 의자를 잡아서 넘어지지는 않았다. 반쯤 비틀거리는 행실로 나는 버스 맨 뒤에 있는 좌석 창가 자리에 앉았다.

빗소리가 없어서 그런가. 버스 안에는 사람이 있었음에도 어제보다 조용한 것 같았다. 모든 소리를 잡아먹었던 비가 모습을 숨겼기 때문이었다.

버스의 엔진소리를 들으며 나는 오늘도 여전히 그 자리에 있는 정류장에서 내렸다. 움직일 리 없는 버스 정류장. 움직이는 나. 그곳에 있을 것을 뻔히 아니 나는 자연스럽게 정류장에서 벗어났다. 똑같은 길을 걸어가면 바다가 나타난다. 나는 바다가 훤히 보이는 모래사장에 발자국을 한 번 찍어낸다. 질퍽거리는 모래들은 어제의 물기를 머금은 채로 햇빛에 의해 말라가는 중이었다. 나는 그 위에 발자국 하나를 남긴다.

어제는 지워져 사라졌던 흔적. 오늘은 온전하게 신발

밑창이 찍혀 나왔다. 이 흔적은 언제쯤 사라지려나.

오늘도 어김없이 나는 모래사장에 드러누웠다. 옷에 진득하게 진흙이 묻어 나오는 느낌을 무시할 수 없었다. 팔을 들고 모래와 맞닿은 부분을 확인했을 때는 물기가 가득해 옷감에 스며든 것은 이미 안으로 스며들었고, 바닥으로 떨어질 것은 중력의 힘을 무시하지 못하고 아래로 툭 떨어졌다. 지금 당장 털어내지는 않았다. 털어낸다고 하더라도 손에 그대로 묻어날 것은 분명한 사실이었다. 나는 여기에서 계속 누워 있을 예정이었기에.

이곳에 누워 있는다면 그날 보았던 누군가의 정체를 재확인할 수 있지 않을까 하는 의구심이 들었다. 확정하지도 못한 존재에 대한 탐사. 미지를 궁금해하는 어린아이이자 인간의 작은 호기심, 비롯된 손해. 나는 모든 것을 감내했다.

흐린 바다의 거품에는 인간의 시선을 방해하는 작은 존재들이 있었다. 미세한 입자라거나, 플랑크톤 같은 부유생물이라든가. 몇천 년의 시도로 만들어진 바다의 고운 모래들까지. 물에 익숙하지 않은 인간의 시선을 괴롭히고 망각시키기에 최고의 방법이었다.

바다는 이 사실을 가장 잘 아는 공간이자 존재이기도 하니, 어찌 보면 자신을 숨기고 싶어 하는 이유의 첫 중

거가 되어줄지도 모른다. 그러나 내가 이곳에 누워 있는 건 바다에게 질문하기 위함이 아니었다. 오늘 여기에, 바다에서 조금 떨어진 이 장소에 누워 있으면서 바다가 제일 잘 보이는 방향에 고개를 두고, 그때 만났던 그것을 다시금 마주할 수 있지 않을까 하는 기대감. 나의 유일한 목적이었다.

죽음에 발을 들이기보다 만남에 대한 호기심이 더욱 컸던 것 같다.

인간의 호기심. 죽지 않고 영원히 살아가는 인간의 원초적인 본능. 인간의 원리에 따라 가장 많은 것을 발견하고, 발명하면서도 인간을 가장 위험에 빠뜨릴 수 있는 요소. 나는 인간으로서 그러한 본능을 뛰어넘을 수 있다고 생각해 본 적이 없었다. 지금도 마찬가지로. 나는 호기심을 이겨내지 못하고 모래사장에, 바다에, 파도에 다시 찾아왔을 뿐이었다. 인간은 인간의 본능을 버릴 수 없는 존재니까. 인간과 짐승이 다르다고 하여도, 그들은 완급 조절의 능력만을 타고났지, 본능이 없는 것은 아니니까. 호기심을 억눌렀다면 우리는 이렇게까지 탐구하며 변화할 수 없을 테니까. 지독한 자기 합리화였다.

오늘 만날 수 있을지 약속을 하지도 않았으면서 나는 만날 수 있으리라고 확신했다. 어리석은 생각이 아닐 수가 없다. 나도 타인의 생각을 읽지 못하고… 그것 또한 타인의 생각을 읽지 못할 텐데. 아니, 못할까? 급작스러운 의문이 생겼다. 그러나 이 궁금증은 여태 길 찾기에 실패하고 금방 사그라들었다.

만남을 추구하는 쪽은 나, 그것이 상대의 생각을 읽을 수 있더라도 만나지 않고 싶다 했다면? 이는 당연히 없던 일이 될 테다. 나는 인어를 만나지 못하고, 이곳에 온 이유도 알 수 없어지며, 그 존재가 확실하게 있었는지도 확인할 수 없어져 그저 미치광이에 불과한 삶을 살아갈 터였다. 그 부분은 상관없었지만.

그럼에도 나는 원했다, 너를 만나기를. 이름도 존재의 의미도 무엇도 알지 못하는 내가 가지고 있는 목적의 궁극적인 이유.

파도가 치기 전에 나는 하고 싶은 이야기를 꺼냈다. 이름이 무엇인지 묻고 싶었다. 어디에 사는지도, 무엇인지도 묻고 싶었다. 너의 삶은 어땠으며, 넌 왜 바다에 있었는지도.

맨 뒷말은 혹여나 나와 비슷할 경우를 가정해 정해둔 질문이었다. 그러니까 나처럼 바다로 뛰어들었을 때를 가정해서… 어린아이의 순수한 호기심은 멈출 지점을 몰랐다. 이어지고 이어지고 이어지고 이어져서… 질문에 물음표가 찍혔을 시점에 바람이 부는 방향을 따라 고개를 돌렸다.

 오늘따라 바람이 많이 불었다. 강수가 풍량에도 영향을 주던가. 갖가지 생각을 이어나가던 내가 바람이 끝나는 바다에 시선을 멈췄다. 바다의 기척이 잔잔했다. 소음보다는 음악에 가까운 파도 소리가 평소의 움직임과는 다르게 불안정한 박자로 울렁거렸다.

 나는 파도에 집중했다. 반짝이는 머리카락, 꼭 아름다운 산호초를 닮은 듯했고 진주의 색을 빼 왔던 것 같기도 했다. 나풀거리는 머리카락이 바다에서 헤엄치는 것보다 풍성했고 나비의 날갯짓처럼 아름다웠으며 세계 각국의 멋진 왕족이 가진 그 무엇과도 바꾸지 못할 단 하나의 가치 있는 무언가 같았다. 나는 저 생명체에게서 눈을 떼지 못했다. 떼내어야 한다는 신호를 뇌 내 총괄자가 전달하지도 만들지도 못했기 때문이었다.

 눈동자가 한곳으로 모이며 주변의 풍경이 흐려질 때까지 나는 그것에게 시선을 두고 있는지도 깨닫지 못한 바보가 되었다.

 내 몸이 나의 의지에서 벗어났다. 눈이 제 보고 싶은 것만 보고 있다. 나는 똑바로 정신을 차릴 수가 없었다. 세상의 모든 감각이 차단되고 나서, 나는 이질감에 고개를 저었다. 현실로 돌아왔다. 그 잠깐 새에 마치 꿈이라도 꾼 것처럼 몽롱해졌었다. 이해할 수 없는 감각에도 나는 그때의 생명체를 마주했다는 사실이 퍽 감동스럽지 않을 수 없었다. 내가 바닷속에서 보았던 모습과 예상이 일치했다. 인어를 닮았다.

"아, 안녕."

입술이 말에 따라 제대로 움직이고 있는지도 알 수 없었다. 어색하게도 움직이는 입이 여태껏 느껴본 적 없는 기이한 느낌이었다. 학수고대한 만남인데도 무엇 하나 할 줄 모르는 내가 살짝은 원망스럽기도 했다. 인어는 내 어리석은 인사에도 밝게 웃으며 화답했다. 손을 흔들면서 함께 흩날리는 머리카락에 채 정신을 차리기도 전에 무의식적으로 그에 따라 손을 흔들었다. 인어는 내 모습을 눈에 담고 예쁘게 미소 지어 웃었다. 인어의 눈동자 속에 내 모습이 있다. 나는 그 사실이 아주 기뻤다.

철썩이는 파도 소리가 민감하게 울렸다. 인어가 내게로 다가오고 있는 소리였다. 바다에서보다 느리고 고요한 몸짓이지만 시선은 올곧게 나를 향하고 있었다.

인어는 내 가까이에 멈췄다. 파도가 치는 뭍까지는 올라오지 못하는 걸 보면 바다에서만 살 수 있는 존재가 맞았나 보다. 인어라는 가정은 이제 확신이 되어 나는 그것이 바다의 생명이자 세상 대단한 과학자도 발견하지 못한 미지의 존재라는 것을 깨달았다. 나는 인어와의 거리가 만족스럽지 않다는 생각마저 떠올리기도 전에 발을 앞으로 뻗었다. 내 충동은 가히 대단했다. 생각보다 몸이 먼저 움직인다는 건 이제 내가 완전히 본능에 사로잡혔다는 뜻이었다.

더 가까이 있고 싶었다. 멀리서 바라보기만 하지 말고 내가 직접 마주하고, 말을 걸고, 옆에 있을 수 있는, 즉 수중 생물이 되고 싶었다. 바다에 죽기 위해 뛰어들지 않았다. 오로지 네 옆에 있고 싶다는 욕구 하나 탓에 나는 다리를 물에 적셨다. 바다에 사는 존재가 나올 수 있는 가장 물이 얕은 공간, 인간에게는 인간이 다닐 수 있는 가장 깊은 공간. 그 지점에서 우리는 만났다.

나는 인어의 손을 잡았다. 놀란 눈치였다. 끔뻑이는 눈꺼풀이 물고기의 아가미처럼 닫혔다가 열렸다. 바다로 무턱대고 들어온 것에 놀랐는지, 예의 없이 손부터 잡은 것에 놀란 건지는 알 수 없다. 그럼에도 나는 잡은 손을 놓지 않았다. 인어도 내 행동의 의미를 알았다는 듯 손을 맞잡았다. 인어의 온기는 생각보다 따스했다. 햇살이 강한 바다의 온도처럼, 그보다도 살아 있는 생명체의 온기가 고스란히 느껴지는 체온이었다. 또다시

홀려버릴 것만 같았다. 이번에는 정신을 다잡고 인어와의 시선을 마주하려고 노력했다. 홀린 듯 눈동자를 모으면 인어는 또 놀랄 게 분명했다. 그러니 이번에는.

그러기 전에 내가 하고 싶었던 것이 무엇이었는지 생각해 본다. 하고 싶은 질문들이 정말 많았다. 개중에서 가장 처음으로 물어보고 싶었던 건 존재의 확실성이 아니라, 이름이었다. 네게 지어진 이름은 어떤 아름다운 의미를 품어내고 있을까. 네 존재는 무엇으로 명명될까. 단순한 이유였다. 알고 싶어서.

"난 해민이라고 해. 너는 이름이 뭐야?"

잘 꺼냈다. 떨지도 않았고 원하는 바를 모두 이뤄냈다. 내 이름을 알려주면서 상대의 이름이 궁금하다는 듯 굴었다. 인어는 잠깐 생각에 잠긴 표정을 짓더니 고개를 저었다.

"나에게는 이름이 없어."

꽤 충격적으로 다가온 발언이었다. 나에게조차 이름이 있는데, 어찌 인어에게는 이름이 없다는 말인가. 어쩌면 아름다움을 담을 만한 이름을 찾지 못해서 그런 것일지도 모르겠다고 어림짐작했다.

"…그런 건 불필요해, 우리에겐."

아무렴 나 또한 내 이름이 존재하는 이유에 대해 알

지 못했고 알고 싶어하지도 않았다. 그만큼이나 쓸모없었기에. 누군가에게 명칭 되는 것이야말로 내가 그렇게 살아야 하는 이유이자 강요였다.

이름이 지어지면서 나는 이 세상에 있어야 하는 존재이자, 태어난 존재로 변모했다. 이름을 지어준 존재도 내 이름을 부르지 않은 지 오래인데. 흔적을 지우고 싶어 했던 나에게 이름이란 불필요한 쪽에 가까웠다. 직설적으로 말해서 지금 나에게 이름을 불러주는 이는 아무도 없다. 가족은 나에게 무관심하고, 방학에 선생님의 호명을 듣기는 불가능하고, 친구들과 좋은 사이로 남지 않았기에 누군가가 나에게 아는 척하며 이름을 부르는 일은 없었다.

나는 처절하게 이름이 없는 존재로 바뀌어 나가고 있었다. 그래, 불필요할 수 있지. 나는 인어의 말에 공감했다. 나에게도 불필요한 단어에 불과했다.

그러나 네가 인식해 준 뒤로부터는 내 이름이 너에게 명명될 수 있으니 나쁘지 않았다. 그렇기에 내가 너를 명명하고 싶어 하는 건 지금 느끼고 있는 감정과 같았다.

네가 나를 인식한 것처럼 내가 너를 인식할 방법은 이름뿐이었다.

"그럼 내가 이름을 지어줘도 될까?"

예의 없는 질문이었을 수도 있다. 이름 따위는 불필요하다는 인어의 말을 듣고서도 이런 식으로 묻는다는 건. 걱정에 걱정이 쌓여 홀로 가슴속을 짓누른다. 너는 웃으면서 고개를 끄덕였다. 물론이지. 그 대답이 그렇게 기쁠 수 없다. 나는 곧바로 생각에 들어갔다. 뇌가 오늘따라 잘 굴러가지 않는 기분이었다. 원체 기름칠이 안 되어 있으니 당연한 말이겠지만. 이럴 때는 가끔 내 과거의 행실을 후회하기도 했지만, 지금은 그따위의 감정에 사로잡혀 있으면 안 됐다.

  이름을 지어준다는 것. 세상에 존재함을 기록해 주는 것. 살아 있었다는 증거이자 수많은 이름 중의 나의 것. 한번 정한 최초의 이름은 '나'라는 존재를 지칭하는 역할을 할 터.

  이름은 내가 타인에게 인식될 수 있는 첫 번째의 방법이자, 기억될 수 있는 마지막 방법이었다. 내 생김새도 성격도 무엇도 아닌 나의 이름. 그러니 상대의 이름을 지어주는 건 단순히 예쁜 이름으로만 지어주어서는 이름이라 칭할 수 없었다.

  이름에 담긴 뜻이 얼마나 잘 어울릴지도 판단해야 했다. 인어의 아름다움을 전부 담아낼 수 있는 이름은 없겠지만 그럼에도 네가 이름을 부여받는 것에 동의했다는 뜻은 네가 이름을 기대하고 있다는 뜻이기도 했다. 나는 기대에 부응하고 싶었다. 네게 지어주는 이름이 아무런 성의 없이 지어지는, 그저 명칭의 역할만을 하는 것은 불협했다. 나는 생각에 잠긴다. 깊고 깊은 바다 안으로 빠져들어 가는 것처럼. 주위의 바람을 신경 쓰지도 않으면서 나는 네 이름 하나만을 위해 모든 감각을 내려두었다. 죽기 직전에는 그리도 되지 않던 것이 이번 기회를 놓치지 않았다.

가장 원초적인 곳에서부터 우러나오는 의미. 곱씹으면 의미를 찾을 수 있는 이름. 난 너에게 그런 이름을 지어주고 싶었다. 너는 무엇을 닮았을까. 네가 불릴 때 웃을 수 있는 이름은 무엇일까. 너는 무엇으로 명명되고 싶을까.

나는 네가 아니다. 너도 내가 아니다. 내가 너를 완전히 이해하는 것은 불가능한 것처럼 너도 나를 전부 알 수는 없을 테다. 그러니 네가 원하는 이름을 나는 알 수 없다. 네가 원하는 행동도, 뜻도, 발언도 아무것도 알 수 없다. 나는 오로지 나의 사심을 담은 이름을 너에게 선물해 줘야 한다.

너는 이 이름을 듣고도 만족할 수 있을까?

작곡가가 곡을 쓸 때 담을 악기를 고민하듯. 작사가가 어울리는 가사를 적어내듯. 곡에 가장 알맞은 제목을 결정하듯, 나는 네 이름을 지었다. 내가 생각하기에 너에게 가장 잘 어울릴 수밖에 없는 이름.

코델리아, 줄여서 리아.
내가 너에게 지어주고 싶은 이름.

진주를 닮은 네가 보석처럼 빛나던 모습을 잊을 수 없다. 그러니 나는 당연하게도 처음 본 것을 가장 중요시했고, 그 외에 따라오는 말들은 부속품과도 같은 묘사였다. 너는 진주야. 진주처럼 밝게 빛나는 걸 나는 본 적이 없어. 그러니 너는 진주가 되어도 돼. 바다에서 나타난 너는 보석과도 빛나고 있었으니, 나는 너를 바다가 숨겨준 아름다운 보석이라 생각했어. 목구멍에서 막힌 장황한 설명들이 공기 중에 숨과 함께 사라졌다.

바다의 보물을 뜻하는 명칭을 네게 이름으로 내려주었다. 네가 만족할지는 모르겠다. 이는 내 시선에 의존한 이름이었으므로 네가 그리 생각하지 않는다면 바꿔줄 의향도 있었다.

"왜 나를 코델리아라고 지었어?"

만족과 불만족의 의견을 내기 전에 너는 나에게 뜻밖의 질문을 던졌다. 내가 너에게 그런 이름을 지은 이유?

방금까지 숨처럼 흩어졌던 말들이 재조립되기 시작했다. 대단한 뜻이 담긴 말은 아니었다. 오히려 재조립된 말들이 처음 설명을 원했던 내용보다 덧없게 이어졌다.
"네가 너무 예쁘게 생겨서."
저절로 네 머리카락을 만지고 있더라. 가는 머리카락이 금방이라도 끊어질까 봐 두려워 조심히 결을 따라 빗겨주듯 만졌다. 넌 손길이 괜찮은지 거부하지 않았다. 물에 젖은 머리카락을 들면 뚝뚝 떨어지는 물방울이 청량한 소리를 내며 바다와 한 몸이 된다. 머리를 빗다 말고 그 모습을 잠깐씩 내 눈에 기록했다. 이상한 행동에 너는 되려 내게 웃음을 지어줬다.
"날 예쁘게 봐주는 사람은 네가 처음이야."
기뻤다. 네게 내가 처음이 될 수 있는 것이 있어서. 인간이 느끼지 못했을 수많은 경험을 했을 법한 인어가 이러한 말도 듣지 못함에 이상함을 느끼기도 했다. 첫눈에 홀린 것처럼 아름답다는 말을 제외하고는 할 수 없었는데, 인어들은 다 서로 비슷하게 생겼나? 미의 기준이 달라서, 각자 모두 아름답게 생겨서 서로가 아름다운지도 모르고 살아가고 있는 건 아닐까 예상해 보기도 했다. 그러나 이보다는 기쁨이 더 커 네가 건넨 말의 표면적인 의미만을 듣고 기분은 갈대같이 흔들렸다.

바다의 수평선 너머로 해가 지고 있었다. 선명한 주황빛으로 물든 하늘이 태양 너머로 사라짐과 동시에 면적을 줄여나가고 있었다. 주황색이 옅어진 곳은 이미 어두운 밤하늘을 묘사하고 있었다.

이제 돌아가야 할 시간이다. 이별, 만남, 매일 하고 보내는 것. 잠깐 시작했다가 끝이 나고 기억에 기록되는 건 그다지 많지 않은 관계 사이에 두 번째로 만난 인간이 아닌 생명체에게 이별에 대한 아쉬움을 느낀다는 건 특이한 일이었다. 이별의 시간이란 항상 대수롭지 않게 찾아와서 아쉬움만을 남기고 떠난다. 지금도 마찬가지로.

대화하던 도중 갑작스러운 이별 탓에 어쩌면 다음을 기약하지 않고서는 만나지 못하리라는 걱정이 스며들기 시작했다. 오늘이 마지막 만남일까 두려웠다.

어쩌다 한 번 마주한 인어를 운 좋게 또 만날 수 있다는 행운은 나에게 눈 씻고 찾아봐도 없었다. 여기까지 찾아온 의지가 한 번으로 족할 리는 없지 않을 텐가. 인어와의 짧은 만남을 뒤로하고 나는 헤어지기 전 다음을 약속했다. 내일도 오겠으니 너도 이 바다로 다시 와줬으면 좋겠다고. 강요하는 말은 아니었다. 네 의견을 필요로 하는 부탁이었으나 네 대답이 부정적이라면 심히 아쉬워할 것이었다.

네게는 드러내지 않더라도. 내가 매일 바다에 오는 건 학교가 방학식을 하고 난 이후부터 계속이었으니 딱히 이상한 점이라고 할 건 없었다. 나는 괜찮다는 뜻이었다. 내 말에 너도 기뻐하는 것 같아 보여 다행이었다. 마침 고개를 끄덕였다. 처음 만났을 때 손을 흔들었고, 이별할 때도 손을 흔들며 의사를 표했다. 나는 네게 말로 인사를 건네지 않았다.

내일 또 보자,

네가 남긴 오늘의 마지막 대화.

오늘도 어김없이 바다로 향했다. 가는 길도, 버스 정류장에 서는 버스도 전부 같았다. 그럼에도 내가 바다로 향하는 이유는 이제 죽음에 가깝지 않았다.

떨림, 호기심, 안정. 내가 그 어디에서도 느낄 수 없었던 감각과 감정을 바다에 가면 느끼게 되었다. 바다가 주는 안정처럼. 내가 물에 빠졌을 때 느꼈던 무의 감각을 기분 좋게 받아들였던 것처럼. 내가 원치 않아도 직접적으로 나에게 안정을 주었고 온기를 나누었고, 떨림을 느끼며 나는 바다를 결과적으로 나의 진실된 집이라고 생각할 것 같기도 했다. 그럴 수 없겠지만.

장마 기간이 그렇게 길지 않아 내가 바다를 가는 날마다 비를 걱정할 이유는 없어졌다. 자기 전에 항상 내일의 날씨를 확인하는 습관이 생겼다. 바다의 파도가 얼마나 강할지, 비가 와도 강수량이 얼마인지까지 확인하는 지경에 이르렀다. 비가 많이 오면 물이 불어나 네가 더 가까이 다가올 수 있겠지만 파도가 강하게 치면 파도가 치는 만큼의 거리는 내가 다가갈 수 없게 되니까. 혹시 모르는 상황을 대비한 예방책이었다. 한번은 네가 뭍으로 나올 방법을 강구했다.

물을 옮기는 방법이라든가, 물고기가 물이 아닌 장소에서 숨을 쉬는 방법이라든가. 불행하게도 네가 들어갈 수 있을 만한 바닷물을 옮기기에는 거대한 크기의 통도 없었고, 내 힘도 부족했고, 물고기가 뭍에서 숨을 쉬는 방법은 어디에도 나와 있지 않았다.

물에서 아가미로 숨을 쉬는 물고기. 너는 어디로 숨을 쉴까. 물고기처럼 눈 옆쪽에 아가미가 있는 것처럼 보이진 않았다. 그렇다면 꼬리 부근에나 있을까. 그래서 상체가 아닌 꼬리는 물에서 나오지 못하는 건지. 나는 아쉬운 대로 조사하던 책을 덮었다. 물어볼 방법이라든가, 찾아볼 수 있는 정보가 없었다.

그날 이후 첫날은 아무것도 챙겨 가지 않았다. 매일같이 챙겨 다니던 가방은 비었고 내 손에는 빈 가방마저 들려 있지 않았다.

훨씬 몸이 가벼웠다. 이런 식으로 버스를 타는 일은 많이 없었는데. 새로웠다. 덜컹거리는 버스의 엔진소리까지 소음으로 치부할 필요 없이 나는 바람의 소리에 귀를 기울였다. 버스가 공기 중을 가르고 달려 나갈 때마다 시원한 바람이 내 오른쪽 볼살을 치고 날아갔다. 여름치고 덥지 않은 계절이다. 바다 근처라서 그럴지도. 나는 버스에서 내려 코델리아를 만난 바다로 달려갔다. 심리적으로 평소보다 5분은 일찍 도착한 것 같았다. 나는 네가 오기 전에 하고 싶은 걸 생각했다.

아, 아니지. 이미 하고 싶은 건 챙겼다. 그렇다면, 나는 생각을 비우고 푸른 하늘로 고개를 든다.

인어. 인어는 어떻게 태어나고 자랄까. 인어는 무엇으로 이루어져 있지? 너는 어떻게 살아왔을까. 이름을 알았다면 그다음은 존재함에서 비롯된 몇 가지의 기본적 사항이 궁금했다. 지극히 개인적인 일이라면 내가 물어볼 권한은 없어도. 인어를 물에 데리고 나올 수 없듯이, 물고기가 물에서 숨을 쉴 수 없듯이. 인어는 어떤 구조로서 물고기 또는 인간과 비슷한지 궁금해할 수도 있는 부분이 아닌가. 나는 입을 꾹 닫았다.

언젠가 때가 되면 내 이야기와 너의 이야기를 서로에게 교환할 수 있는 날이 오기를. 올 것이다. 오고 말 것이다. 난 매일 바다에 찾아올 테고, 너를 만날 테고, 우리의 시간은 무한하니까.

파도가 넘실거리는 모래사장을 눈에 담고 있으면 몇 분 지나지 않아 네가 모습을 남긴다. 나는 그것에 또 기분이 좋아져 손을 흔들며 파도가 시작되는 부분에 섰다. 무릎이 젖었지만 괜찮다. 너를 마주할 수만 있다면.

익숙한 듯 대화를 하고 아무런 말도 없이 하늘을 바라보다가 다시 서로의 얼굴이 마주치면 웃었다. 실없는 대화도 재미있었다. 기억되기 충분했다. 상대가 생겼다는 이유에서 나는 내 흔적이 바다에 가득 남고 있는지도 모르고 하루가 멀다 하고 바다에 몸을 담갔다.

여름 방학이 시작하고 난 다섯째 날에는 때아닌 새벽부터 난리였다. 내가 꿈을 꾸는 일은 많이 없었다. 몸이 피곤하거나 잠자리가 바뀐 경우에는 가끔 악몽을 꾸거나 잠깐 꿈을 꾸고 잠에서 깨는 둥 했지만 이번처럼 의미를 알 수 없는 꿈은 처음이었다. 눈을 감았다 뜬 자리의 나는 다름 아닌 코델리아를 만났던 모래사장 한가운데에 서 있었다. 발끝에는 차가운 감촉이 닿았다. 해는 수평선 너머에 간당간당하게 걸쳐 있었고, 붉은 기운이 하늘과 바다를 한꺼번에 덮고 있었다. 오렌지빛과 자주색이 섞인 비현실적인 색감으로 번졌다. 누군가가 투명한 유리 위에 물감을 던지듯 뿌려놓고 손끝으로 사정없이 퍼트린 듯, 붉은빛이 부드럽게 퍼지며 공간을 뒤덮는 중이었다.

발밑의 고운 모래는 마찰하여도 아무런 소리를 내지 않았다. 나는 한동안 말없이 주변을 둘러보기만 했다. 바람이 불지 않음에도 머리카락이 가볍게 흩날렸다. 피부에 닿는 공기조차 현실 같지 않았다.

모든 것이 조용했다. 갈매기의 울음소리도, 파도가 부서지는 소리도 들리지 않으며 바다의 숨소리조차 무음처럼 느껴졌다. 바다가 가진 모든 소리를 빼앗긴 듯했다. 모래는 부드러우면서도 묘하게 눅눅한 느낌을 버릴 수 없었다.

발자국이 새겨지는 자리에 조용히 바닷물이 스며들고 있었다. 그때마다 모래가 미세하게 들썩이며 울컥거렸다. 여전히 해변을 구경하던 도중 모래 위에 놓인 물체가 시야를 붙들었다. 아무도 없는 그 적막한 공간에 피아노 한 대가 놓여 있었다. 그것도 바닷물이 조금씩 차오르는 그 자리에, 무심하게 놓였다. 누구의 손에 옮겨졌는지도 모를 그 존재는 바람 한 점 없는 정적 속에서도 뚜렷한 실체감을 가지고 그 자리에 있었다.

짙은 갈색의 나무로 만들어진 고전적인 형태의 피아노는 멀리서 봐도 바닷바람에 오랜 시간 노출되어 있던 것 같은 흔적이 남아 있었고, 여기저기에는 바닷물이 증발해 남은 소금기와 모래가 붙어 있어 표면이 거추장스럽게 변한 상태였다.

나는 고민을 이어나가다가 결국 피아노 앞으로 다가갔다. 마치 피아노가 나를 부르고 있는 듯 거부할 수 없는 힘에 이끌렸다고 하는 쪽이 옳았다. 피아노의 뚜껑은 반쯤 열린 채로 내부의 현들은 부식되어 희미하게 빛을 내고 있었다. 이래서는 피아노가 제대로 연주되지 않을 게 분명했다. 그럼에도 나는 피아노의 앞에 앉아서 모래로 덮인 건반을 손으로 털고 그 위에 손가락을 얹었다. 건반은 바짝 마른 듯하면서도 아직 전부 청소된 것이 아니라 모래의 까끌까끌한 감촉이 손끝을 감쌌다.

어떤 건반은 눌렀을 때 푹 꺼지는 듯했고, 또 어떤 건반은 마치 눌리지 않는 돌덩이처럼 뻣뻣했다. 나는 소리가 나는 건반을 찾아 몇 개 더 눌러보았다. 네 개쯤 눌러서야 부드러운 첫 음이 흘렀다.

조금 눅진하고 어딘가 떨리는 저음이 해변을 울렸다. 그러자 조용했던 바다가 경련했다. 건반 소리에 맞춰 파도 하나가 밀려들었다. 나는 우연처럼 느껴지는 상황에 다른 소리가 나는 건반을 찾아 첫 음과 그다음 음을 연속해서 눌렀다. 이번에는 파도가 두 번 짧게 넘실거렸다. 소리와 바다가 완벽하게 맞아떨어지고 있다는 뜻이었다. 소리 자체를 잃은 바다에 처음으로 생겨난 소음이 바다를 움직이고 있었다. 피아노 소리에 반응이라도 하듯 정확히 그 음정과 리듬에 맞춰서 물결이 출렁대고 있었다.

파도는 나의 발끝을 스친 후 천천히 원래 있던 자리로 돌아갔다. 숨을 들이쉬었다. 내가 들었던 건 파도의 소리뿐만이 아니었다.

어디선가 들어봤던 소리. 자연에서 파생되는 음이 아니라 생명이 생명으로서 낼 수 있는 인격을 가진 개체의 목소리. 처음에는 미세하게 바람이 일으키는 환청처럼 들려왔지만, 점차 흐렸던 소리도 피아노의 음이 반복될수록 또렷해졌다. 잔잔한 파도를 타고 바다 건너 어디에선가 불러오는 듯한 그 소리. 나는 그 목소리의 주인이 누구인지 단번에 알아차렸다.

코델리아.

여름의 바다처럼 깊고 투명했던 목소리. 진주알이 서로 부딪치는 것처럼 맑고 고운 목소리가 내 곁을 스쳐 지나갔다. 숨을 멈추고 코델리아가 불러오는 노래에 귀를 기울였다. 단어의 조합으로 들리지 않았지만, 콧노래처럼 들리는 음정에도 감정은 너무나 선명했다. 슬픔과 따스함, 애정이 섞인 노랫소리.

 나는 무언가에 이끌리듯 다시 피아노 건반 위에 올려진 손가락을 움직였다. 피아노는 완벽하게 연주할 수 있는 상태가 아니었지만 포기하지 않았다. 눌리지 않는 건반은 최대한 피했고 끈적한 소리는 흘려보냈다. 삐걱거리는 음 사이로 서로의 멜로디가 완성되었다. 나의 연주에 맞춰 파도가 움직였고 그 위로는 코델리아의 노래가 얹어졌다. 수많은 악기가 모여 하나의 음악을 연주하는 오케스트라처럼 모든 소리가 모여 하나의 곡을 연주하고 있었다.

 안타깝게도 평온할 줄만 알았던 연주는 오래가지 못했다. 연주의 중간 지점부터 발밑의 물이 차갑게 느껴졌다. 피아노 건반 아래 어딘가에서 스멀스멀 올라오는 차가운 감각. 나는 그게 바닷바람 때문이라고 생각했다. 아니면 손에 땀이 밴 것일지도 몰랐다. 그러나 이상함에 고개를 숙여 밑을 바라보니 물이 무릎까지 차올라 있었다.

 처음에는 발가락 사이로 스며들던 물이 발등을 덮었고, 어느새 발목까지 차오른 바다는 숨결을 고르듯 조심스럽고 체계적으로 공간을 잠식했다.

 바다는 조용히, 그러나 확실하게 육지를 집어삼키고 있었다. 놀랍도록 조용한 침범이었다. 아무런 소리도,

경고도 없이 세상이 무너지는 방식. 피아노 다리도 물속에 잠긴 지 오래였다. 건반은 아까보다 더 눅눅했다. 눌러도 이전과 같은 소리를 내지 못했다. 어떤 건반은 눌렀을 때 무력한 마찰음만을 흘릴 뿐, 음이라는 형체조차 유지하지 못했다.

나는 순간 몸을 일으키려다 멈췄다. 여전히 피아노 앞에 앉아 있는 채 이 순간을 떠나면 내가 경험한 모든 상황이 끝날 것만 같았다. 연주가 이어지지 않음에도 들리는 코델리아의 목소리. 파도가 넘실대는 소리는 꺼졌지만 코델리아는 여전히 저 너머에서 노래를 부르고 있었다. 음과 음 사이의 연결은 끊어졌고 선율은 갈피를 잃어 부서지기 시작했다.

무언가 놓치고 있는 기분이었다. 멜로디와 함께 사라질 만한 것이 무엇이 있지? 의문점을 해소하지 못한 내 귀에서 코델리아의 목소리가 점점 멀어졌다. 확실히 내 귓가에 들렸던 음색이 이제는 바람에 씻겨나가듯 흐려지고 있었다. 노래는 더 이상 가까이에서 울리지 않았다. 멀리, 아주 멀리에서. 내가 닿을 수 없는 어딘가에서 희미하게 울려 퍼지는 메아리처럼 느껴졌다. 나는 코델리아가 근처에 있지는 않을까, 목소리의 방향을 찾아 필사적으로 주위를 둘러봤다. 하지만 바다는 아무것도 보여줄 생각이 없어 보였다. 수면 위에는 부서지는 색의 반사와 물결만이 있을 뿐. 아무런 형체도 없었다.

내 심장이 점차 빨라졌고 이내 불안이 나를 덮쳤다. 피아노를 두드리는 손이 더는 힘을 가지지 못했으나 더욱 세게 건반을 눌렀다. 그럴수록 피아노는 더 거칠고 불협한 소리를 내며 부서졌다.

그와 동시에 세상이 무너지고 있었다. 정확히는 무너진다는 표현보다 녹아내린다는 표현이 더 어울렸다. 먼 바다 저편의 지평선 부근부터 일렁이더니 마치 열에 녹는 초콜릿처럼 천천히 형태를 잃었다. 수면이 끓는 것처럼 부풀었다가 가라앉고, 하늘은 물감이 번지듯 허물어졌다. 해변 근처의 나무들이 검은 실루엣을 남긴 채 아래로 주르륵 녹아 흘렀고 바위는 허공에 풀린 조각처럼 부스러졌다.

천천히, 그러나 너무나도 확실하게 세상은 사라지고 있었다.

모래사장마저 형체를 잃었다. 발밑의 모래는 어느 순간부터 물처럼 흘렀고, 단단하게 고정될 수 없어 아래로 가라앉을 수밖에 없었다. 나는 물속과 공기 사이 어딘가에 떠 있는 듯한 상태로 흔들렸다.

숨이 가빠졌다. 진짜였다. 단순한 꿈이 아니었다.

온몸을 조여오는 압박감, 허파가 비어가는 느낌. 얇은 비닐을 입에 덮어쓴 채 공기를 들이마시려는 사람처럼 허우적거렸다. 아무리 숨을 쉬려고 해도 폐는 꽉 막힌 듯, 머리는 멍해졌다. 바닷물은 입안으로, 폐로 스며들었다. 꺼내고 싶은 말은 공기 속에서 곧바로 사라졌고 소리는 물속에서 금세 흩어졌다.

내 눈앞에는 마지막으로 흔들리는 풍경이 남았다. 색, 소리, 빛이 모두 파편처럼 흩어지는 와중에 코델리아의 목소리가 뚝 끊겼다. 아마 그도 함께 사라진 건 아닐까. 이제는 정말 끝이라는 생각밖에 없었다. 더는 붙잡을 것도, 남은 것도 없다는 감각. 나는 서서히 눈을 감았다. 움직임이 자유롭지 못한 팔다리는 어느새 힘이 풀려 있었다. 중력의 작용을 거부하지 않은 채 나는 바닥으로 가라앉았다.

순간, 모든 소리가 꺼졌다. 정적이었다. 파도도, 피아노도, 노랫소리도 없는 완전한 침묵의 귀환. 그 침묵 속에서 나는 눈을 떴다.

식은땀에 이불이 눅눅했다. 베개는 젖어 있었고, 천장은 어두웠다. 꿈은 끝났지만, 꿈이 남긴 감각은 선명했다. 천장은 낯익었고, 방은 조용했다. 그러나 내 심장은 여전히 어둠 속에서 빠져나오지 못한 채 격하게 뛰고 있었다. 발목을 붙잡고 끌듯 아래로 내려앉은 감촉이 아직도 남아 있는 것 같았다. 마치 누군가가 아직도 방 안 어딘가에서 나를 지켜보고 있는 듯한 기분.

꿈속에서의 바다는 나를 삼키려 했다. 그건 확실하게 꿈이었지만, 눈앞에 펼쳐진 광경은 나름대로 생생하고 뚜렷했다. 잔잔했던 수면이 갑자기 뒤틀리더니 사방이 녹아내리지 않나. 어디인지도 모를 공간에서 나는 허우적거리지도 못하고 빠져들었다. 몸에 힘이 들어가지 않아 어떻게 하지도 못한 채로 깊은 심연으로 빨려 들어갔다. 손끝에 무언가 닿는 기분도 받았으나 미끈한 해초였는지, 누군가의 차가운 손길이었는지 모를 감촉이었다. 숨을 들이쉴 수 없었다. 가슴이 터질 것처럼 조여들었고, 점점 의식이 희미해지던 찰나에 꿈에서 깼다.

일어난 시각의 창문에는 아직 은은한 새벽의 달빛만이 내리쬐고 있었다. 곧 해가 떠오를 법한 밝기지만 여기서는 해가 제대로 보이지 않았다. 나는 끔찍한 악몽에 아침이 밝아올 때까지 잠들지 못했다. 옅은 푸른빛이 창문을 타고 방 안으로 스며들었고, 그제야 나는 이불을 걷고 자리에서 일어났다. 세수하는 물에도 어젯밤의 차가움이 남아 있는 듯했다. 손끝에 닿은 감촉이 불쾌하게 현실감을 주었다.

해가 뜨기까지는 좀 오래 걸렸다. 여름이라 해가 금방 떠오른다는 점을 감안하면 아마 1시간 정도는 기다렸던 것 같다. 창밖에서 햇빛이 들어오는 걸 확인한 뒤에야 나는 다시금 방 밖으로 나와 집 안을 둘러보았다. 아직 모두 자고 있는지 인기척은 들리지 않았다. 내가 남은 반찬으로 끼니를 대충 때우고, 조용히 가방을 메고 나설 때도 아무도 신경 쓰지 않았다. 문의 괴상한 소음에도 잠에 취한 건지, 나에게 관심이 없는 건지는 모르겠지만 역시 똑같았다.

버스를 기다리며 나는 고개를 들었다. 하늘은 맑았고, 구름은 멀었다. 하지만 몸 어딘가, 무게를 느끼는 등 뒤가 답답했다. 아무리 손을 털고, 목덜미를 쓸어도 가시지 않는 그 감촉은 나를 따라붙었다.

버스는 천천히 도착했고, 나는 익숙한 자리에 앉아 창밖을 바라보았다. 바람은 여름인데도 조금 서늘한 느낌을 주었고 지나가는 풍경은 오늘따라 낯설게 느껴졌다. 난 위화감을 느끼면서도 바다에 가는 걸 멈추지 않았다. 버스가 바다에 도착할 시점이 되었고 나는 오늘따라 다르게만 보이는 풍경을 내려서 확인했다. 건물을 지나가고, 모래사장이 드러나는 해변에 도착해서 저 먼 곳을 눈에 담고 있으면 내가 떠올리는 감상은 예측 가능했다.

꿈의 바다와 현실의 바다는 닮아 있었다. 하지만 한 끗 차이로 완전히 달랐다. 꿈속의 물은 무채색이며 차가웠고 현실의 바다는 빛을 머금고 있었다. 다가갈수록 소금기 어린 바람이 스며들고, 내 발길이 바닷가에 가까워질 때쯤, 내 속에 고여 있던 뿌연 감정들이 조금씩 녹아내렸다.

이상하게 마음은 조금씩 풀어지기 시작했다. 그건 냄새 때문일지도 모른다. 소금기 어린 바람, 젖은 모래의 비릿함, 그리고 햇살에 데워진 조약돌들이 풍기는 기분 좋은 냄새. 익숙하고 따뜻한 감각이 폐 속을 채워갔다.

모래의 열기가 발끝으로 전해졌다. 햇살은 강했고, 바다는 살아 움직이는 생명체처럼 출렁거렸다. 바다의 움직임마저 오늘따라 다른 모습을 그리고 있을 때 그 물가, 익숙한 자리. 코델리아가 있었다.

해조류 같은 머리카락이 바람에 흩날렸고, 햇빛을 받아 반짝이는 물방울이 피부 위에서 춤췄다. 코델리아는 늘 그 자리에 있었다. 아무 말 없이, 마치 내가 오리란 걸 알고 있었다는 듯. 코델리아를 마주하자 내 안에 남아 있던 불쾌한 기분은 자취도 없이 사라졌다. 어둠 같은 감정들이 바다로 흘러들어 가 빠르게 희석되었다. 그저 그 자리에 앉아, 바다와 코델리아의 존재를 가만히 바라보는 것만으로도 충분했다.

 오늘 우리는 많은 말을 하지 않았다. 햇살 속에서, 파도 소리와 갈매기 울음이 대화처럼 이어졌다. 서로의 웃음이 지금 어떤 기분을 표현하고 있는지 확연하게 보여줬다. 거짓 하나 없는 밝은 웃음으로 말이다. 갑자기 아무 말도 없이 바다 안으로 잠수한 코델리아의 빈자리를 한참 동안 쳐다보다가 물가로 올라옴과 동시에 나는 깜짝 놀라 몸을 움찔거렸다.

 코델리아는 바다 밑에서 조개껍질 하나를 가져와 보여주었고, 나는 그것을 손에 올려 무심히 돌려봤다. 조개껍질은 따뜻했다. 그건 아마 햇볕 때문이겠지만, 이상하게도 그 온기가 오래도록 남았다. 나는 조개껍질이 신기해 그 뒤에도 몇 번씩이나 굴리면서 어여쁜 조개껍질의 무늬를 구경했다.

 때때로 코델리아는 나를 바라봤다. 그 눈빛은 말보다 더 많은 것을 전했다. 안다는 듯, 잊지 말라는 듯. 그리고 나 역시 그저 고개를 끄덕였다. 많은 말은 필요 없었다. 지금 여기에 있다는 것, 그 사실만으로도 무언의 위로가 되었다.

 시간은 빠르게 흘렀다. 햇살은 점점 더 낮아지고, 하늘의 색은 푸른빛에서 점점 붉은빛으로 바뀌었다. 모래

위의 그림자는 길어졌고, 파도는 한 박자 더 느리게 해안을 때렸다. 바람의 방향이 바뀌고, 갈매기들이 방향을 틀었다. 이제 돌아가야 할 시간이 되었다. 아쉬움을 떨쳐내고 다음 날에도 올 수 있다는 확신이 나를 안정되게 만들었다. 나는 모래사장에서 천천히 일어났고, 코델리아는 물속에서 내 모습을 바라봤다. 인사는 하지 않았다. 서로의 눈빛이 그 자리를 대신했다. 내일 다시 올 것이란 걸, 코델리아도 알고 있었고 나도 알고 있었다.

버스 정류장으로 가는 발걸음이 바다로 올 때보다 가벼웠다. 오늘은 이별하는 게 무섭지 않았다. 악몽을 꾸고 돌아온 내게 네가 준 안심 덕분에 이렇게 되었다. 좋은 결과였다. 버스는 해가 수평선에 반쯤 잠긴 시점에 도착했다. 돌아가는 창밖, 바다는 하루를 끝내는 마지막 숨을 쉬고 있었고, 그 위로 노을이 번져 천천히 붉게 물들고 있었다.

버스에 올라 창밖을 보며 다시 모래사장을 흘끗 바라봤다. 그곳엔 아무도 없었다. 바다는 조용했고, 저녁노을이 수면 위에서 천천히 타올랐다. 코델리아가 있던 해수면이 이질적으로 첨벙이면 그제야 난 아직도 코델리아가 그 아래에 있다고 생각했다.

가방 안에서 조개껍질을 꺼내 손바닥에 올렸다. 그 표

면은 여전히 따뜻했다. 마치 누군가가 방금 전까지 꼭 쥐고 있었던 것처럼.

그날 밤, 나는 아무 꿈도 꾸지 않았다.

잠은 깊었고, 새벽은 조용히 찾아왔다. 아주 깊게 잠든 내가 모든 걸 떨쳐내고 난 다음 날 일어나서 처음 본 하늘은 무척이나 맑았다.

불안한 마음은 이미 사라진 지 오래였다. 이유는 모른다. 하지만 분명한 건, 내일이 기다려진다는 것이었다. 코델리아가 있는 바다, 나를 기억하는 존재, 말없이 내 이야기를 들어주는 누군가가 있다는 사실 하나만으로, 나는 두려움을 잊는 나를 발견했다. 원래였다면 속에 눌러 담아서 영원토록 기억하고 있었을 미련한 기억이 기꺼이 지워져 있었다.

내가 살아 있었다는 아주 고요한 진실이 되어 남았다.

일주일쯤 되는 날에는 주머니에 MP3를 넣어갔다. 이 시대에 무슨 MP3라고 하냐면, 나는 고풍스러운 물건을 좋아하는 사람도 아니었고 그렇다고 최신 핸드폰을 가지고 있는 사람도 아니었다—오히려 쓰는 핸드폰은 옛날에 출시한 이름 모를 중고 핸드폰이었다—대신 내 취미는 보기와 다르게 곡을 쓰는 거라. 작곡한 노래를 담기 위해서는 그릇이 필요했다.

집에 굴러다니던 MP3를 주워 내가 쓴 지는 오래됐다. 어차피 집에 있는 사람들은 아무도 이것에 대해 신경 쓰거나 입에 올리거나 묻지 않았다. 나는 여기에 내가 지금까지 작곡했던 곡을 넣어뒀다. 가지고 온 이유는 당연히 네게 들려주고 싶어서.

옛날 MP3인 탓에 노래 음질이 그리 좋지는 못해도 네게 음악을 들려주기에는 충분한 기계였다. 내가 듣기에도 음이 구별됐으매 노래 하나가 온전히 들리니 문제가 없었으니. 나는 손에 MP3를 꼭 쥐고 버스에 올라탔다. 오늘은 버스 기사님이 날 기억하고 있었다.

처음으로 날 바라보며 인사해 주시는 버스 기사님에게 나는 작은 소리로 안녕하세요, 라고 말을 걸었다. 버스 안에는 손님이 없었다. 운전에 집중하시는 버스 기사님이 나에게 다시 말을 걸지도 않았다. 나는 모든 게 달라진 일상에 위화감을 느끼면서도 순간적으로 나쁘지 않다는 느낌을 받았다. 그럼에도 내게서 미묘한 감정이 피어오르는 걸 깨닫지 못했다. 이는 어디에서 비롯된 감각일까. 의문점만을 남긴 채 서서히 사라지다가….

아.

짧은 단말마가 입 밖으로 튀어나왔다. 비슷한 시간에

도착하던 나를 코델리아가 먼저 기다리고 있을 줄은 상상도 못 했다. 나는 예상하지 못한 상황에 놀란 표정을 숨길 새도 없이 코델리아가 있는 바다 쪽으로 다급하게 달려갔다.

"기다렸어?"

물음에 코델리아는 고개를 저었다. 아니, 나도 방금 왔어. 그러고는 웃는 모습이 여유로워 보였다. 나는 안도의 숨을 내뱉으며 놀란 가슴을 쓸어내렸다.

터벅터벅 걸어갈 때마다 모래가 흩날려 내 귓가 근처에서 부서지듯 바스락거렸다. 코델리아는 물에서 헤엄치지 않고서는 내가 자신에게 다가오기만을 기다리고 있는 것처럼 보였다. 이제 옷이 물에 젖는 데 익숙해진 지 오래다. 한 발짝 물 안으로 발을 집어넣으면 코델리아는 내가 꼭 중심을 잃어버릴 줄 알고 양손을 뻗어 나에게 향했고 나는 그 모습을 흘겼다가 거리낌 없이 잡았다. 물살이 강하지 않아서 다행이다. 넘어지지 않았다.

"잘 있었어?" 고작 하루 지난 채 묻는 것도 웃겼다.

"응, 나는 잘 있었어. 너는?"

"나도 괜찮았어. 널 물 밖으로 꺼내주고 싶어서 찾아봤는데 방법을 찾지는 못했지만."

따스한 물결과도 같은 네 목소리가 고요한 바다에 물

거품이 되어 사라진다. 괜찮다며 고개를 젓는 너에게 내 딴에 아쉬운 마음을 지울 수 없었다. 물 위에 있는 것들을 알려주고 싶었다. 바다에는 내가 가본 적이 있으니, 네가 나올 수 없는 뭍의 인간들은 어떻게 지내고 있는지 보여주고 싶었다.

실패했다는 사실이 슬프게 다가오기도 전에 나는 주머니에 넣어둔 MP3를 뒤적였다. 물이라도 들어가 너에게 이 노래마저 들려주지 못할 수 있다는 걱정이 몰려왔다. 뭍에서 물로 가지고 올 수 있는 것 중 어린아이에게 해당하는 물건이 얼마 없다는 사실을 알면 내 반응이 이해될 터였다. 말끔하고 깨끗하게 보관된 MP3에 나는 걱정을 덜 수 있었다.

"그게 뭐야?"

흥미롭다는 시선으로 코델리아는 내 손에 들린 MP3를 바라봤다. 역시 바다 안에는 이런 게 없는 걸까.

옛날에는 MP3가 있었어도 바다에 직접 던지는 사람은 없을 터였고 잃어버린다 해도 바다일지는, 그것도 이 바다 안의 어디인지는 미지수였으므로. 나는 그에 대해 깊게 떠올릴 필요가 없음을 알았다. 내가 이 MP3를 가지고 온 건 너에게 나의 노래를 들려주고 싶었기 때문에. 한 가지의 이유로 나는 네게 아무런 설명 없이 버튼을 눌러 MP3를 켰다. 우리 둘에게 들리도록 노래를 튼다고 해서 이 넓은 바다에 소리를 듣고 화가 난 채 나올 사람은 없지 않나. 그러니 괜찮다. 틀어도 너와 나 둘이서 들릴 정도만일 것이고.

MP3는 잠깐의 딜레이 이후에 이어 재생되는 곡의 제목을 화면에 띄웠다.

제목 없음.

네 글자가 화면에 지나가는 걸 두 눈으로 똑똑히 봤다. 노래를 작곡하기는 했으나 아직 제목을 짓지 못한 곡이 몇 곡 되었기에 나는 제목이 없는 곡들을 재생목록 위로 올려두었던 참이었다. 그걸 까먹고 하필 제목도 없는 노래를 처음 틀다니. 살짝 부끄러웠던 것 같다. 제목을 붙인 곡이 몇 갠데.

나는 부끄러움을 참고 코델리아에게로 시선을 옮겼다. 코델리아는 MP3에서 노래가 흘러나오는 걸 신기하게 여기고 있었다. 눈을 MP3에서 떼지 못한 채 제 두 손을 맞잡고 들리는 노래에 집중했다. 잔잔하지만 그럼에도 템포가 뒤바뀌는 부분이 있어 나조차 제대로 분위기를 잡지 못해 순위가 밀린 곡이었다.

앞부분은 잔잔하고 뒤로 갈수록 심화되는 사건에 여러 악기를 사용한 음악. 학교에서 작은 연극단의 뮤지

컬을 보러 갔을 때 얻은 영감으로 작곡된 곡이었다. 2분이 조금 넘는 짧은 곡이 금방 마지막 음을 내며 멈췄다. 항상 곡이 나오기 전에는 3초 정도의 딜레이가 있어 곡이 이상하게 끊긴다거나 다음 곡의 첫 마디가 튀어나오는 일은 없었다. 나는 다음 곡이 재생되기 전에 멈춤 버튼을 누르고 네 반응이 나오기를 기다렸다. 곡을 지은 작곡가가 질문을 던지기보다 듣는 사람의 반응이 자연스럽게 나오는 걸 기대했기 때문이었다.

곡이 마무리되자 코델리아의 눈이 커지며 나를 향했다. "네가 쓴 곡이야?" 나는 고개를 끄덕였다.

코델리아가 이미 이 기계에서 노래 혹은 소리가 흘러나올 수 있음을 홀로 깨달은 것 같았음은 틀림없었다. 무엇인지 되묻는 질문이 없었다는 이유였다.

코델리아는 노래가 끝날 때 손뼉을 치는 것도 잊지 않고 마치 오케스트라 공연장에 온 객석처럼 행동했다. 한 명의 관객. 한 명의 연주자. 둘만의 공연장이자 단 한 사람을 위한 음악. 나는 노래를 듣고 부쩍 밝아진 코델리아의 모습에 그를 위한 노래를 작곡하고 싶다고 느꼈다. 바다를 기록하기엔 그만한 기회도 없을 터였다.

"정말 아름다운 소리야. 세상에서 가장 아름다운 노래 같아."

이 노래를 무척이나 마음에 들어 하는 듯 보였다. 그래서 난 MP3를 그대로 주머니에 넣었다. 다른 노래를 들려줄 생각은 하지도 못한 채.

"진짜? 고마워. 상대에게 들려주는 건 처음이라 긴장했어."

"곡의 제목은 뭐야?"

"…아, 그건."

뒷머리를 벅벅 긁으며 나는 잠깐 곤란하다는 표정을 지었으나 스스로 생각하기에도 그리 이상한 이유가 아니었다고 판단했다. 제목이 없는 건 부끄러운 일이 아닌데도 이렇게 굴게 되는 이유를 알지 못했다. 네게 말할 단어를 고르고 나는 굳이 피하던 눈동자를 원래 있던 자리로 굴려 코델리아가 있는 방향으로 옮겼다.

"아직 제목을 정하진 못했어. 마땅히 떠오르는 단어도 없고, 곡에 제목을 정하는 것만큼 어려운 일도 없어서…."

문장이 끝마쳐지지 않고 소리가 퍼져나가면서 말을 끊었다. 대답을 정리한다고 해도 꺼내는 데 올바르게 맞추지 않으면 항상 이런 식으로 잘못된 대답이 나오기도 했다. 마치 전에 네 이름을 지어줬을 때처럼.

"예쁜 제목이었으면 좋겠어. 노래가 이렇게 예쁘니까."

꼭 내가 네 이름을 지어줬을 시기에 한 말이랑 비슷하

게 들렸다. 예쁜 이름, 예쁜 노래. 예쁘다라… 누군가가 들었을 때 빠질 수 있는 노래라는 건 무엇일까. 가사도 제목도 없는 음만 기록된 곡은 어떤 이름으로 불러야 할까. 코델리아의 말에도 일리가 있었다. 곡이 쓰였음에도 제목이 없다는 건 살아 있는 생명체에게 이름이 없다는 뜻과도 같아 보였을 테다. 나는 그 의미를 잘 알고 있다. 네게 이름을 지어줬던 것처럼 언젠가 이 곡에 제목을 지어줄 수 있기를 바랐다. 당장 지금은 떠오르는 단어의 조합이 없었다. 전부 직독 직해의 뻔히 드러나는 느낌의 제목들이었다. 더 큰 감정을 남기고 기억이 될 수 있는 제목. 너를 만나러 올 때마다 한 글자씩 떠올려 봐야겠다.

 그다음 날에도 어김없이 손에는 MP3를 들고 있었고 난 모르는 버스 기사님에게 먼저 인사할 용기를 냈다. 상대에게 답을 들었는지는 잘 기억나지 않았다. 버스가 곧바로 출발하느라 엔진소리가 커다랗게 울렸기 때문이었다.

 나는 급하게 몸을 돌려 좌석을 봤다. 오늘은 버스에 사람이 몇 명 타고 있었다. 앞쪽 창가 자리에 앉은 사람 두 명, 뒷좌석 안쪽에 타고 있는 사람 한 명. 그리고 방금 탄 내가 전부였다. 이 길은 사람이 많이 없기는 하나 가끔 잘 모르는 정류장에서 내리는 사람들도 있었기에 대수롭지 않게 생각했다.

　나는 항상 앉던 맨 뒤 좌석에 앉아 창문에 기댔다. 버스가 과속방지턱에서 뛰어오르는 걸 몸소 체험했다. 오늘따라 속도가 빨랐나. 좀 더 뛰어 오른 듯했다. 창문에 올려둔 팔꿈치가 삐걱거리며 아래로 떨어져 하마터면 유리에 머리를 부딪힐 뻔했지만 급하게 앞 의자 손잡이를 잡은 덕에 그런 일은 일어나지 않았다.

　나랑 같은 곳에서 내리는 사람이 먼저 하차 벨을 눌렀다. 그 바다에서 내리는 사람은 처음 봤다. 어쩌면 저 사람도 바다로 가는 건가. 저 사람은 그냥 바다를 보러 가는 걸까. 아니면 인어를 알아서 나처럼 보러 가는 건 아닐까? 혹시 모르면? 인어라는 건 들켜서는 안 되는 거 잖아. 동화책이나 소문 같은 걸 들어보면 인어는 인간에게 자신의 정체를 숨기기도 하고, 인어를 잡은 해적들이 인어를 물고기처럼 잡아먹거나 혹은 아무도 모르는 비밀 연구소에 잡아가 잔혹한 연구를 일삼거나, 인어를 돈으로 팔아 돈벌이 수단으로 만드는 등의 그런… 무서운 이야기들이 많지 않은가.

　처음 맞닥뜨린 위험천만한 상황에 왠지 모르게 긴장감이 타오른 나는 나보다 먼저 내리는 승객을 예의주시하며 뒤따라 내렸다. 정말, 혹시 모르니까.

왼쪽, 오른쪽. 이 사람이 발길을 옮기는 곳에 따라 내 반응이 훤히 달라질 예정이었다. 승객이 발을 올린다. 난 그 사람의 발을 매우 유심히 살피고 있었다.

정류장에서 내린 승객이 내 시선을 알아채지 못한 채 상체를 오른쪽으로 꺾어 일직선으로 걸어간다. 왼쪽 계단으로 내려가지 않으면 바다를 갈 수 있는 길이라고는 내가 매번 다니는 길과 저 멀리에 놓여 있어 오른쪽으로 갈 경우에는 바다에 도착하기 어렵다. 저쪽으로 가면 바다 전망을 잃은 주택가가 즐비해 있는 길이기도 하고. 하지만 좀 멀지 않나? 아무렴. 원래의 승차지점을 넘겼을 수도 있지.

대수롭지 않게 생각하고 나는 모래사장에 발을 들였다. 네가 또 기다리고 있을까 봐 발걸음이 좀 빨랐다.

바다는 잔잔했다. 코델리아가 있겠다고 생각한 자리에 네가 없었다. 어제보다 일찍 도착해서 그런지 아직 네가 올 시간은 되지 않았나 보다. 아쉽다는 생각은 안 들었다. 오히려 내가 빨리 와서 기다릴 수 있어서 다행이라고 생각한 것 같기도 했다. 난 파도가 끝나는 지점에 앉아 모래바람이 부는지도 모르고 코델리아를 기다렸다. 짠 바다의 소금 냄새, 눈에 들어온 모래가 뻑뻑하고 괴상한 느낌을 주었다. 눈을 비비다가 말고 눈물이 흐를 때까지 눈을 꾹 감고 있다가 이내 시선이 일렁이자 나는 그제야 눈을 몇 번 깜빡거렸다. 마지막으로 꾹 감았다가 뜨자 조금 촉촉해진 눈가를 제외하고는 원래대로 돌아왔다.

코델리아가 오기까지 채 4분이 걸리지 않았음에도 중간에 일어난 일이 컸다. 나는 40분 같은 4분을 꾸역꾸역 기다리며 인어의 거품이 보일 때까지 바다에서 시선을 떼어놓지 못했다.

울렁이는 바다의 파도.

고요히 철썩대는 파도의 소리를 귀로 들으면 이 파도가 어디에서 태어난 것인지 가늠할 수 있었다.

철썩.

철썩.

…철퍽—.

이질적인 소리에 나는 눈을 크게 뜬다. 파도가 넘실대는 높이와는 차원이 다르게 출렁거리는 바닷물이 보였다. 저기에 있구나. 나는 자리에서 일어나 모래를 털지도 않은 채 파도에 발을 담갔다. 물이 발목까지 찼을 때 코델리아는 얼굴을 드러냈다. 어제 보았던 그 미소를 여전히 얼굴에 머금은 코델리아는 나를 향해 인사하듯 손을 흔들었다. 나도 손을 들어 응답했다. 이번에도 무릎 위가 잠길 만큼 바다로 뛰어들어 코델리아의 앞에 섰다. 오늘은 나 혼자서 물살을 헤치고 가까이 다가갈 수 있었다. 손을 잡지 않아도 괜찮았다는 건 홀로 가까이 가두고 깨달아서 뒤늦게 아쉬웠던 참이었다. 코델리아는 내 모습을 면밀하게 보더니 제 몸을 꿈틀거리며 옆으로 다가왔다.

"오늘은 바다가 깊어서 여기까지 올 수 있어."

어쩐지 오늘 물이 전과는 다른 것 같았다. 별로 걷지 않았는데 벌써 무릎 위로 올라오다니. 이대로는 앉아서 대화는커녕 모래가 움푹 빠지는 지점이 어딘지도 몰라 넘어져 그때처럼 물을 머금을지도 몰랐다. 이번에는 원치 않은 상태로.

나는 몇 발짝 뒤로 가 앉아도 불편하지 않을 깊이 즈음에서 인어와 마주 봤다. 코델리아는 항상 내 앞에서 헤엄치고 있었고—꼬리는 움직이지 않았다. 꼭 새가 고공비행하느라 날개를 움직이지 않는 것처럼—나는 코델리아의 반대편에서 어깨 아래까지만 잠길 정도에 자리를 잡고 앉았다. 아무 말 없이 코델리아는 내 눈을 바라보기만 했다. 어떤 연유에서 그런 행동을 취하는 건지 나는 물어보고 싶었으나 쉬이 떨어지지 않는 입에 의해 포기하기로 했다.

그저 가만히, 코델리아의 눈빛이 나에게서 떨어지거나 좀 전까지 봐왔던 눈빛과 똑같아질 때까지 기다렸다. 그 후가 되면은 말해주지 않을까 싶어서.

코델리아는 웃었다. 아무렇지 않게 웃었다. 내 눈동자를 하염없이 바라보는 미소는 내 시선에 올바르게 담겼다. 코델리아가 나를 바라보는 시선의 느낌이 원래와는 달라졌음에도 내게 무엇 때문이었는지 목적을 알려줄 생각이 없어 보였다. 그렇다면 나는 인어의 이야기를 받아들인 것처럼 끄덕였다. 물어보기를 포기해야 한다. 나에게는 그런 질문을 꺼낼 용기가 없을뿐더러, 그리해서도 안 된다는 걸 알았다. 상대의 생각을 꿰뚫는 질문은 언제나 어려운 거니까. 내가 들을 때도 그랬다. 그만큼 상대에게 어떤 식으로 대해야 하는지 얼추 아는 편이었다. 물음 대신 나는 오늘 하고 싶었던 걸 꺼냈다.

"MP3?"

"응, MP3야."

전에 가져왔던 MP3를 그대로 갖고 오지 않았던가. 나는 항상 넣어두던 왼쪽 주머니에 있는 MP3를 꺼내고 코델리아에게 보여줬다. 흥미롭다는 눈빛이 멀리서 봐도 반짝반짝 빛나고 있었다는 걸 깨달았다. 어쩌면 코델리아는 내가 지은 곡을 더 듣고 싶다는 생각을 했을지도 모른다. 모든 건 내가 예상했지만.

"오늘은 다른 노래를 들려줄 거야?"

맞았다. 코델리아는 내 MP3, 즉 나의 노래 저장고에 든 노래 중 다른 곡들도 들어보고 싶어 했다. 처음 곡을 들었을 때 말하진 않았어도 다음이 있다면 들어보고 싶다는 낌새가 있기야 했다. 코델리아는 제목이 있든 없든, 음을 듣는 걸 좋아하는 듯했다.

"아니."

"그러면?" 궁금한 듯 고개를 한쪽으로 기울이며 머리카락이 아래로 스르륵, 내려가는 모습에 다시 반짝거림을 느꼈다. 잠깐 눈을 떼지 못했으나 번뜩, 눈을 감았다 떴다.

"그게 말이지."

무언가 쑥스러운 부탁이었다. 입을 벙긋거리지만 쉽게 말이 튀어나올 생각을 못 했고, 어린 마음에 나는 내뱉어도 되는지 한참을 고민에 빠졌다.

말을 하지 않으면 어젯밤부터 생각했던 모든 부탁과 내용이 물거품이 되는 것이지. 내가 한 고뇌와 걱정도 왜 했는지 알 수 없는 과거의 잔재들로만 남을 테고. 어제의 나는 없던 사람이 되는 거고. 그 고민을 새벽까지 지속했다는 사실이 약간의 쪽팔림과 후회로 남을 뿐이었다. 그럼에도 나는 최대한 용기를 담았다. 그만큼 고민을 했으면 내게 선택지란 단 하나밖에 없었으므로. 내가 할 수 있는 한 최대의 용기는 이 정도였다.

"그, 있잖아… 내 노래를… 불러보지 않을래?"

누가 들으면 이따위가 왜 그리도 부끄러워할 말인지 물어볼지도 모른다. 아무렴 사람의 생각은 모두 다르니 그렇게 받아들이는 사람이 없지야 않다. 그러나 확실히 부끄럽지 않은가. 아직 분위기도 모르고, 제목도 없으며 지은 지는 꽤 된 곡의 노래에 가사도 없으매 노래를 불러달라는 부탁은 가수에게 심히 민폐가 되는 일이 분명했다. 나는 작곡가의 포지션이었고 코델리아는 가수의 입장이 되었다.

이렇게 위치를 잡아두면 이해할 수 있지 않겠는가. 그러나 곡의 작곡가가 이런 식으로 부탁한다는 뜻은, 네 노랫소리가 듣고 싶다는 뜻이기도 했다. 코델리아의 목소리는 아주 예쁘니까.

아름다움을 깨고 태어난 코델리아의 목소리는 옥구슬이 굴러가듯 또렷하지만 잔잔하고, 아침의 햇살을 머금은 듯 포근했다. 예쁜 노래를 연주하는 하프처럼, 바이올린처럼, 실로폰처럼. 코델리아의 목소리가 내 곡에 더해지면 분명 완벽한 노랫소리가 생겨날 것이라고 믿어 의심치 않았다. 부탁을 가장한 나의 욕심. 정말 바다와는 단 하나도 연관성이 없는 순전한 나의 꿈. 들어준다는 보장도 불확실한 선택을 너에게 걸었다.

코델리아는 내 요구에 꽤 놀란 듯 눈을 크게 떴다. 이런 요구는 생각을 해보지도 않았다는 뜻이었다. 나였어도 놀랐겠지. 만난 지 얼마 되지 않은 인간 아이랑 덥석 친해지고, 궁금해한 적도 없는 노래를 들려주면서 지내다가 이제는 노래까지 불러달라니. 퍽 황당한 요구가 아닐 수 없다. 그 사실을 너무나 잘 알았던 나는 MP3를 쥐고 있던 손은 여전히 들고 있으면서도 붉어질락 말락 하는 고개만 아래로 뚝 떨어뜨렸다. 꼭 비는 모습과 같았다. 이를 깨달을 만한 정신은 없었지만.

코델리아를 제대로 볼 수 없었다. 내 요구 하나에 나 홀로 부끄러워하고 멋쩍은 생각만 하는 걸까. 얼마나 바보 같아 보여. 코델리아의 대답이 나오기 전까지 나는 가정만 세운 멍청한 과학자처럼 굴었다. 될 리 없는 가정을 세우고 모두에게 질타를 받는 그런 과학자. 무모한 시도를 한다고 놀림받았던 세상의 수많은 과학자 중 하나.

"좋아, 해볼게."

"저, 정말?"

한순간에 무언가 새로운 발명을 한 과학자가 되어 있었다. 원체 그런 과학자들이 정말로 신기한 발명을 해낸다는 사실을 완전히 잊어버리고 있었다. 나는 거울로 보지 않아도 퍽 놀란 표정으로 고개를 들었다.

 눈이 커졌다는 게 느껴졌다. 원래의 눈꺼풀보다 위로 더 올라가 있어서. 그 모습을 본 코델리아가 내 표정이 웃겼는지 짓고 있던 미소가 커지면서 기어코 활짝 웃는 꼴이 됐다. …지금 이게 중요한 게 아니다. 코델리아가 나의 노래를 불러준다고 하지 않았던가. 가사도 없는 노래를 어찌 불러줄 수 있겠는가. 고민에 고민을 거듭한 결론으로는 전에 들었던 그 노래를 틀어보기로 했다. 한 번 들어봤으니 가사를 떠올리기도 편할 거고.

 제목 없음, 이지만. 가사와 제목은 생각에 생각을 거듭해서 지어도 된다. 나는 네 목소리가 노래가 되어 바닷속에 흐르는 걸 원했고, 너는 이에 응했으니 언제가 되어도 좋았다. 우리의 만남이 여기서 끝이 아니라는 점이 정말로 다행이었다. 나는 까먹지 않고 MP3의 노래를 틀었다.

 제목 없음(1). 분으로 구분하던 걸 편하게 하려 번호를 붙였다. 특히 코델리아에게 들려줬던 노래는 1번으로. 특별하니까.

 노래는 어김없이 짧은 딜레이와 갑작스럽게 튀어나오는 음을 머금고서 파도 소리와 함께 흩날렸다. 다시 튼 노래의 템포가 전보다 느린 것 같다고 했다. 음을 더 자세히 듣고 있어서 그런가. 얼굴을 맞대고 노랫소리에 집중하는 모습에 나는 몰래 코델리아를 힐끗거렸다. 노래에 집중한 코델리아는 내 시선을 알아차리지 못했지만.

음악이 마지막을 알리는 음을 내고는 지지직, 멈췄다. 딸깍. 그때처럼 나는 멈춤 버튼을 눌렀다. 화면에 떠오른 제목 없음(2)은 굳건하게 무시했다.

"전에 듣고, 부르고 싶은 가사가 있었어."

코델리아는 두 손을 가지런히 모은 채 자기 가슴 위에 올렸다. 공손하고 점잖게 쌓인 손에 심호흡하느라 위에서 아래로 높낮이가 변하는 것까지, 나는 모든 것을 바라보고 있다가 이내 코델리아의 말에 고개를 끄덕였다. 반쯤 기대했다. 반은 긴장했고. 어떠한 음악이 완성될까. 코델리아가 숨을 들이마시고 내쉬자 감고 있던 눈이 동시에 떠졌다. 그러고는 입을 열어, 곡과 똑같은 음으로 첫마디를 내뱉었다.

아름답고

지적이며

맑게 울리는 목소리.

첫 음을 들었을 때의 내 감상은 이랬다. 정리하기에는 너무 많은 생각이 머릿속을 헤집어 놓고 있었기에 제대로 감상을 내놓을 수 없었다는 점이 안타깝다.

겨우 진정하고 난 뒤에 남긴 감상은 노래를 들었던 그 순간을 대변할 수 없었다. 인어의 노래는 상상한 것보다 훨씬 더 커다랗고 황홀하게 울려 퍼지고 있었다. 인간이란 자고로 인간 외의 것에 홀리는 생물이므로, 마치 인어가 아니라 노랫소리로 사람을 홀리는 세이렌에 가깝다고 생각했다. 이 목소리를 들었다면 분명 모든 배들이 바다를 건너던 중 방향을 틀고 직접 바닷속으로 뛰어 들어갔을지도 모른다. 내가 바다에 들어가고 싶다는 충동도 이곳에서 비롯되었을 수도 있다. 그러나 푹 빠진 목소리에 그따위 감상을 놓는 건 있을 수 없는 일이었다. 나는 너의 목소리를 아주 좋아하기에, 너를 위한 곡을 써보고 싶었다.

말 그대로 코델리아를 위한, 코델리아에 의한 노래. 네가 목소리를 들려줬다는 이유 하나만으로 나는 노래가 듣고 싶어졌고, 네가 노래를 불러줬다는 이유는 이내 너 하나만이 부를 수 있는 곡을 쓰고 싶게 만들었다. 나는 거부하지 못했다. 인어의 인간을 홀리는 노랫소리에 귀를 막을 의지도 보이지 않았으며 오히려 나는 그곳을 향해 손을 뻗었다. 아, 정말로 아름다운 노랫소리야. 나는 '인어'의 노래가 끝나도 아무런 소리를 내뱉을 수 없었다.

눈만 깜빡이며 몇 번이고 코델리아의 시선을 받은 뒤에야 정신을 차렸다. 이어지는 공허한 박수에는 경외심을 포함한 무의식이 담겨 있었다. 탄식도 뱉지 못하고 박수만 치는 기계로 변모한 것만 같았다. 언어임을 배제하더라도 곡을 만든 작곡가에게 이렇게나 아름다운 노랫소리는 축복이나 다름없지 않나. 나는 작곡가로서도, 관객으로서도, 친구로서도 이루 말할 수 없는 경험을 선사한 코델리아에게 박수를 보냈다.

내 모습이 코델리아에게 어떻게 보였을까. 멍한 얼굴로 박수나 치는 모습이 좋게 보이지는 않았을 테다. 그러나 내 얼굴을 마주할 수 있는 건 코델리아 혼자. 나는 이 정신으로 바다에 비친 내 얼굴을 볼 생각 따위 없었으니.

코델리아의 표정이 부드럽게 풀렸다.

"이렇게 부를 수 있게 되어서 다행이야. 네게, 가사를 들려주고 싶었거든."

난 그제야 입을 열었다.

"정말, 정말 아름다운 노래야. 그러니까 내가 말하고 싶은 건…."

어린아이의 지식을 원망한 건 이때가 처음이었다. 설명하고 싶은 단어는 많은데, 입 밖으로는 나오지 않고. 무언가 표현하고 싶으면서도 그 단어가 떠오르지 않아 계속해서 말끝을 흐리기만 했다. 몸이 굳은 듯 두 손을 흔들어 보아도 떠오르지 않았다. 삐걱거리는 깡통 로봇과 다를 바 없었다. 말을 잇지 못하고 굳게 닫히는 입이 바보 같았다. 그럼에도 코델리아는 나를 보며 웃음을 잃지 않았다.

"고마워. 네 노래가 정말 멋진 노래여서, 내 노랫소리도 아름다워질 수 있었어."

나는 일절 들어보지 못했던 말을 들었다. 들을 수 있다고 생각한 적도 없는 그런 말. 나에게 있어서 누군가에게 인정을 받는 날은 영원토록 오지 않으리라고 생각했는데. 심장이 내려앉았다. 나는 아마 이 순간을 영원히 잊지 못하리라고, 분명 그럴 것이라고 인정하게 됐다.

그 어떤 악기보다도 아름다운 목소리에 나는 코델리아에게 어울리는 노래를 만드는 것에 더하여 코델리아가 자신의 노래를 불러주기를 원했다. 마치 악곡이 떠오르는 것 같기도 했다. 그럼에도 아직 코델리아와는 어울리는 소리와 음악을 찾지 못했기에 그 기회는 여전히 무의 단계에서 멈춰 있었다. 코델리아가 부르는 곡은 완벽해야 하니까. 완벽한 곡을 쓰게 되면 곡의 제목을 코델리아라고 지어주고, 네가 부를 수 있도록 해야지. 살아 있다는 증거를 나는 코델리아에게 곡을 써주는 일로 하기로 했다.

누군가는 살아 있다는 의미를 마지막에 남긴 포옹으로, 누군가는 말로 전하더라도, 내가 할 수 있는 건 수려한 말솜씨도 아니고 그저 가지고 있는 약간의 취미가 전부였다. 작곡이라는 말만 들으면 정말 특별한 사람처럼 보일지도 모르지만 내게 내 취미생활은 나를 그리 북돋아 주지 못했다. 당연히 죽음에 관계되어 있던 날에도 나는 내가 곡을 쓰는 데 특출난 재능을 가지고 있지 않으니 죽어도 문제없으리라고 생각했다.

이제는 죽어버리면 너에게 어울리는 곡을 적어주지 못한다. 그렇게 죽어버리면 너무나 울분만이 터질 것 같은 기분이 들어 고개를 저었다. 그렇게 되어서는 안 됐다. 나는 나 홀로 생각하고만 있어서는 잊어버리거나 지키지 못할 약속임을 알았다.

"리아."

"응, 왜 그래. 해민?"

"내가 만약 아주 완벽한 곡을 써오게 된다면 그때도 내 곡을 불러주지 않을래? 너를 위해서 쓰고 싶어."

"나를 위해서?"

나는 고개를 끄덕였다. 이제 코델리아에게 무언가를 부탁하는 태도가 여유로워졌다. 여유보다는 아까보다 부끄럽지 않다고 설명하는 편이 옳았다. 또한 이번의 충동도 내가 저지르기 전에 입 밖으로 튀어나오고 만 것이라. 나는 막을 수 없다면 언젠가는 꼭 지켜내고야 말 약속을 코델리아에게 걸기로 했다. 말을 들은 코델리아는 아무런 고민도 하지 않고는 나를 향해 웃으며 긍정의 의사를 전했다. 말은 꺼내지 않았다. 그러나 그렇게나 밝게 웃고 있는 얼굴 하며, 접히는 눈꼬리와 살짝 흔들리는 고개의 움직임을 보면 코델리아의 반응이 좋다는 것쯤은 깨달을 수 있었다.

퍽 만족스러웠다. 내가 나 스스로 완벽한 노래라고 인정할 날이 올까. 그럼에도 너를 위한 곡을 쓰게 된다면 나는 그 노래를 완벽하지 않다고 말할 수도 없을 거야. 그 안에 들어간 너부터가 이리도 완벽하고 아름다운데. 나는 벌써 코델리아를 위해 쓸 곡의 마무리를 기대했다. 어떤 노래가 탄생했을까. 미래의 나에게 물어보면 답이 나올까. 여전히 고민하고 있을지도 모른다.

옆에는 항상 코델리아가 있으면서 나는 곡을 쓰고. 예전보다 나은 삶을 살고. 분명 그럴 테다. 지금도, 죽음을 기대했던 날보다 훨씬 밝은 빛을 내고 있지 않은가.

완벽이라고는 일절 존재하지 않았던 내 삶에 너라는 완벽이 들어온다고 해서 변할 리는 없지만, 그래도. 아주 약간은 괜찮은 날이 되었을지도. 나는 코델리아의 완벽을 그런 식으로 설명했다. 나에게 넘어올 수는 없어도 코델리아만으로 빛나고 있으니 내 곡마저 영향을 받으면 그 곡을 완벽이라고 부를 수 있으리라 생각했다.

내가 살아오는 데 어떠한 역경과 고난이 있었는지는 그 누구도 궁금해하지 않는다. 살아가는 데 필수적인 요소를 제외하면 상대에게 그리 관심이 많지 않다는 이야기도 사실이다. 그러나 그 필수적인 요소마저 나는 아무에게도 시선을 받지 못했다는 사실을 받아들이고 싶지 않았다. 그렇다면 나는 죽지 않아도 죽은 사람처럼 지내야만 할 것 같아서. 나의 의지로 바다에 뛰어들기 전 흔적을 지우는 게 아니라, 원체 가지고 있던 흔적마저 없었던 거라면?

세상에 단 하나의 문제점이란 게 있다면 내 생각에는 능력주의로 변해버린 사회일 터였다. 사람의 실력을 위주로 보고, 자신들의 마음에 들지 않는 능력이라면 가차 없이 버리고. 그 사이에서 버려진 사람들은 갈 곳도 없이 떠돈다. 모두에게 인정받지 못한 삶을 살면서.

물론 신분사회로 변한다고 해서 내가 신분제의 높은 신분을 가질 수 있다는 보장은 없다. 그럼에도 나는 능력주의 사회에서 인정받지 못하고 영원토록 도태되기만 하는 집단에 소속되어 있다는 사실이 억울하기만 했다.

부모님은 나를 단 한 번도 제대로 봐준 적이 없으며 그들의 생각에 나는 철없는 아이 그 이하의 존재 격이 되어 있었다. 그들의 감정은 나로부터 휘발되어 시작은 기대, 이어서는 실망. 더하여 멸시를 받던 나에게 돌아오는 감정이라고는 없었다. 그들의 감정은 나에게 일절 소모되지 않았다. 그럴 필요도 없다고 판단했나 보다. 인정받으려면 어떻게 해야 하는가? 나는 잘 모르겠다. 그들이 알려준 적 없는데, 배우지도 못하는 걸 나 홀로 깨달아서 이뤄낸다는 게 얼마나 힘든 일인지 안다면 내가 하는 이야기는 긍정 받는 이야기가 된다. 그렇다고 외부인에게 인정을 받는 입장도 아니었다.

누군가가 자신에게 인정이란 모습을 비춰준 적이 없었다. 나의 작곡 실력도 수많은 천재 사이에서는 새 발의 피도 되지 않는다고 입을 모아 이야기하면 나는 그대로 받아들이고 말았다. 세상을 뒤흔든 모차르트나 베토벤, 명곡을 남긴 천재 작곡가들에 비해 나는 채 완성되지도 않았으며 현재를 살아가는 도중에도 나 같은 사람을 능가하는 이들은 태어난다.

전에 텔레비전 프로그램에서 작곡, 작사, 노래까지 모두 혼자 해내는 가수가 출연했다. 배운 적 없고 모두 자신의 관심사에서 탄생한 곡이라고 했다. 처음으로 부른 곡은 심사위원들의 마음을 전부 훔쳤고 기립박수까지 받았다. 이어지는 심사위원들의 평가는 단연 최고. 같이 등장한 참가자들의 칭찬이 밀려오는 인터뷰를 포함해 심사위원들은 그다음 라운드를 기대하게 된다는 말도 덧붙였다.

나는 그 프로그램을 보면서 난 절대 저렇게 될 수 없겠다고 생각했다.

저 천재들을 뛰어넘을 만한 실력이 없으니까. 아무에게도 인정받지 못하고 나만의 공상 세계에 빠져서는 매일 음악이나 만지고 있는 삶이라니. 적어도 천재들은 나보다는 생산력 있는 삶을 살았으리라.

숨을 들이켜는 인간의 본능. 평범한 인간이라면 모두 폐로 뱉는 숨에 이의를 두는 이는 없을 테다. 이처럼 우리에게 일상에 지나지 않는 생명, 깨닫지 못하더라도 필시 행할 수밖에 없는 행위 정도의 익숙함처럼 궤도를 벗어나지 못한 나의 존재는 태양을 중심으로 돌아가듯 제자리에서 회전을 반복하는 행성, 더 나아가 그 주변을 떠다니는 항성 정도의 작은 무언가.

내 인생에 무언가의 특별함을 논하기에는 내 삶이 항상 무형으로 남아서. 생애 다시는 없을 것 같던 날의 강렬한 기억 한 조각, 한때 휘몰아치던 감정도, 귓가를 거칠게 헤집던 소리도, 그 당시에는 영원할 것 같았던, 그러나 결국 지나온 궤적의 절반도 되지 못한 순간순간은 괴롭게도 다시는 볼 수 없는 마음속에만 박힌 채 시간과 함께 속절없이 사라졌다.

 기억 끝자락을 아무리 붙잡고 있다고 한들 결국 형태로서 남은 것 하나 없기에 사실 내가 살아온 시간 모두 허상일지도 모른다는 가능성에 두려움을 떨면서.

 머리와 가슴, 인간의 외관은 어딘가에 증거로 내세울 수 없기에 지나간 시간 모두 저 혼자 끌어안아야 하는 세월에 묻혔다. 숨 쉴 틈도 없이 열렬히 살아왔다는 증거. 무엇도 만질 수 있는 형태로 남아 있지 않은 지난 생은, 어떻게 증명할 수 있는가.

 제법 오래된 까닭에 이제 자신의 기억 속에서도 해져 버리고야 만 것을. 반복을 원망하기를 원하지 않고, 힘을 들여 분노를 표출함에도 어울리지 않으니. 증명하지 못하는 기억을 두고 이제 할 수 있는 것이라고는 그저 흐릿해진 옛 기억을 유영하는 것뿐이었다.

 나는 어쩌면 그날을 기억하고 싶어서 음악을 만드는 것일지도 모르겠지만. 글을 쓰는 실력도, 그림으로 남겨둘 능력도 없어서 말로 전달하지 못하는 나에게 작곡이란 그나마 출중하게 정보 값을 넘겨줄 수 있는 기록이 되었다. 완벽하게 기억되는 현재를 바구니에 담아둔 채 인젠가 꺼내어 유려하게 흐르는 피아노의 흥미로운 선율은 내 기억보다 더욱 선명하게 남아, 작곡한 곡을 듣고 있으면 그날의 경험이 새록새록 떠올라 하늘을 떠다니는 기분으로 남았다.

좋지도 나쁘지도 않으니 당연하게도 그 기분을 오롯이 느끼는 건 나의 몫이었다. 불행, 행복, 전율, 비슷한 감정의 높낮이. 상대에게 느끼는 감각, 내가 홀로 떠올린 감정, 모든 기억이 담겨 있는 음악.

곡의 분위기는 사람의 감각을 바꿔놓기에 충분한 매개체로 분위기에 맞춰 기분이 달라지는 건 인간의 분명한 본능에 따랐다. 작곡을 시작한 연유에는 큰 비중이 없었다. 특별한 경험으로 치부할 만한 관심이 없으니 처음에는 흥미 정도로 끝났다. 음악을 잘하던 사람도 아니고, 놀라운 재능을 지닌 세기의 천재도 아니므로 악보 위에 음표를 몇 개 그려두는 정도가 전부였음에.

종이 위에 연필이 그이는 서걱임이 좋았다는 느낌으로 감상을 마쳤다. 그 뒤에도 몇 번씩이나 반복된 행위에 처음으로 곡을 완성시킨 날에는 검은 연필심이 가득 묻은 악보를 바라봤다. 구석구석 알아보지 못할 낙서와 메모, 번진 종이 위에 새로 그려진 음표. 완벽에는 거리가 먼, 어색하기 짝이 없는 구성의 악보. 꽉 쥔 두 손에 종이가 구겨졌다.

발끝부터 두상까지 짜릿해지는 전율을 퍽 잊지 못해 정해진 궤도에서 벗어난 행동을 취하여도 나는 계속해서 그 뒤에도 곡을 써 내려가기를 포기하지 않았다. 몇 번이나 좌절감을 느낀 나의 일생에서 음악이 얼마나 큰 비중을 차지하였느냐고 물으면 솔직히 이야기해서 난 객관적인 판단하에 설명하지 못할 게 분명했다.

완성되지 못한 이야기. 나의 음악은 끝을 맺지 못하고 항상 애매한 분위기에서 절정이 끝나고 난 후에 흐지부지 마무리되던 날이 많았다. 작곡에는 작곡가의 감정과 심리가 많이 표현된다고 하지 않는가. 자기의 일생을 곡으로 썼던 베토벤, 모차르트 같은 작곡가들처럼 나마저도 그들과 똑같이 감정에 치중될 수밖에 없다. 감정이란 인간의 버릴 수 없는 본능에 불과해서, 인간은 벗어나지 못하는 운명을 타고났으므로.

음악의 선율이 귀에 들려오면 나는 가끔 차분해진 정신으로 하늘을 바라보고, 숨을 들이마시고, 살아 있음을 느낀다기보다는 오히려 꿈속 세상을 탐험하는 경험을 느낀다고 오해하는 일이 있었다. 그럼에도 내가 변하지 않은 건 나의 일상이 변하지 않았으니, 이후에 내가 변했다고 자부하는 건 비슷하게 익숙함에 속아 특별함을 깨닫지 못해도, 자고로 꺼내준 이가 있었기에 확신에 이바지한 근거였다.

음악이 이어준 연결고리가 아니더라도, 그 후에는 음악으로 인해 함께할 수 있었다는 점을 드러내 보면 적절한 방식으로 해져버린 마음을 꿰맸다는 흉터. 눈에 보이는 증거가 남아서, 나는 이 흉을 지닌 채 이어진 운명을 반복할 게 틀림없었다.

자신을 일으킬 능력도 없고, 자신감은 원래부터 없었으며 나는 무엇도 될 수 없으니 성장하지 못하는 건 당연한 순서였다. 내 실력은 그 자리 그대로였고 나는 피아노 음 하나를 누른 뒤에 생각나지 않는 악곡과 내 뇌를 원망했다. 죽을 때까지 날 인정해 주는 사람은 없을 것이라고 확신했다. 부모조차 인정해 주지 않는 나를, 그 누가 긍정적으로 봐주겠나 싶어서. 그러나 네가 인정해 줬다.

나의 노래가 좋다고 고개를 끄덕였다. 손뼉을 치고 내 눈을 바라보면서 만족한 듯 흥얼거리고, 가사 없는 곡에 가사를 붙여 네가 불러주는 일이 내 생에 생각이나 할 수 있는 일이었을까.

너를 만나지 않았으면 나는 평생 그럴 수 없었다. 인

정받는 삶. 누군가에게 좋아함을 받는 삶. 기쁨을 나누는 삶이 나에게 얼마나 그리웠는지 나는 이제야 알았다. 나는 인정받고 싶어 했고 공감받고 싶어 했다. 되지 않으리란 걸 알아도 부모에게 시선을 받으려 문 앞에 서 있거나 장난을 쳐보기도 하고 그들의 시선 안에서 왔다 갔다 하기도 했다. 그러나 그들은 나를 바라보는 방향에서 허공으로 돌아섰다.

나는 그때 내가 영원히 성공할 수 없으리라고 믿었는데. 제대로 나를 마주하고 나의 본질을 눈에 담으면서 나에 대해 좋은 이야기만 해주는 코델리아, 네가 있었기에 나는 하루하루를 살아갈 수 있었다. 내가 이곳에 있을 수 있는 이유도 네가 옆에 있어줬기 때문에.

매일 밤을 슬픔이 아니라 기대와 환희로 채워 보내는 것도 너를 만나 무엇을 하고, 어떤 이야기를 묻고 싶은지 생각하는지라 바빴다.

원래의 나였다면 절대로 하지 않았을 일이었다. 할 수도 없는 일이었다. 인간이란 원체 변하기 어려운 존재니까, 나 또한 인간에 속해 있으므로 모든 가정과 결론을 내린 어린아이의 머릿속에는 그따위의 부정적인 답변만 가득할 게 분명했다. 내가 변했다는 건 그야말로 큰 울림이었다. 세상이 변하지 않는 이유 중에는 사람이 쉬이 변할 수 없다는 이유가 포함되어 있을지도 모른다. 나는 오늘도 너에 대해 생각했다. 매일 소재는 달라져도 본질적인 대상이 너라는 건 달라지지 않았다.

　내 생각은 그물처럼 뻗어나가 결국에는 모든 걸 집어삼키게 될지도 모르지만. 나는 그 문제를 지금까지 껴안고 있고 싶지는 않았다. 내 걱정이 퍼져나가 내가 생각하는 행위를 막아버린다면 역시, 별로일 게 분명했다.

　그러니 내가 생각을 이어나가더라도 온전하게 바다와 너와, 나만을 생각할 수 있도록.

　나는 오늘도 다음 날의 햇살을 떠올리며 눈을 감았다.

　나는 변했다,
　네 덕분에.
　일절 다를 바 없는 일상을 보내던 내가 가장 코넬리아를 원했을 때 만난 코넬리아 덕분에, 나는 그날부로 가장 살고 싶어 하는 사람이 되었다. 죽어서는 코넬리아를 볼 수 없어. 하얀 뼈만 남으면 코넬리아는 나인 줄 모를 거야. 그러한 이유 탓이었다. 내가 살려고 노력한 건 너와 대화하고 싶어서였다. 나는 내가 왜 이런 생각을 하는지 몰랐다. 처음부터 죽고 싶었다는 생각을 하지 않았던 것처럼 내가 갑작스럽게 살고 싶다 생각하게 되는 것도 웃긴 일 아닌가. 이마저도 갈대 같은 사람의 마음이라고 한다면 난 여전히 우유부단하고 강단 없는 바보 같은 사람에 불과했다. 그럼에도 나는 충분히 만족하고 있었다.

삶과 죽음의 경계가 흐려진 날에 네가 직접 선을 그어줬다. 코델리아가 그은 선은 삐뚤빼뚤하지만 명확해서 나는 그 선을 마주하고는 넘어가지 않고 있으니. 지금까지 살아온 시점에 방학이라고 해봤자 몇 번 있지도 않지만, 나는 모든 방학을 통틀어서 가장 행복한 나날을 보내고 있었다.

매일매일을 바다에 출석하면서 아무도 모르는 미지의 바다를 떠다니는 코델리아를 만났다. 코델리아는 나에게 아주 좋은 친구가 되어줬고, 나도 그럴 수 있다면 좋겠다는 다짐으로 최대한 노력했다. 내가 조금 이상해졌다고 깨달은 건 방학이 얼마 남지 않은 날이었다.

오늘따라 이상한 점은 없었다. 외부적 요인이라면 그랬다. 그러나 나에게만은 이상했다. 날씨는 여전히 화창하고 나에게 관심을 가져주는 사람 하나 없는 날에 나는 무언가 쿡쿡 찌르는 듯한 감각을 느꼈다. 심장을 꾹 눌러봤지만 아프지는 않았다. 정말 심리적으로만 생겨나는 증상이었다. 이러니 병원에 갈 수도 없었다.

누군가에게 물어볼 수는 없어서 나는 처음으로 인터넷에 질문을 올렸다. 다 필요 없는 답변들이어서 나는 아무도 채택하지 않고 화면을 껐다.

감각을 통해 느껴지기만 하면 어쩐담. 나는 의사가 아니었다. 나의 몸은 자신이 가장 잘 안다고 해도 나는 한낱 어린아이였기에 알고 자시고 판단할 수 있는 능력도 없었다. 누구에게 물어봐야 할까? 나는 생각에 잠겼다. 감정은 어디서 피어오르는 걸까.

뇌? 심장? 감각? 나는 어디인지 알지 못했다. 뇌에서 파생되는 게 감정이라면 단순하게 뇌파 작용일 테고, 감정을 느낄 때 마음이 아프다 같은 이야기를 들으면 꼭 심장 같고. 감정을 느끼면 온몸이 찌릿찌릿하게 변하는 건 또 감각 같았다. 그래서 감정의 시작을 알고 싶어서 생각했고, 심장을 누르고, 감각을 느꼈다. 답은 나오지 않았다. 그러나 이 모든 작용은 오로지 감정 탓에 시작했다는 점을 무시하지 않았다. 답답하고 심장 안에 무언가 쌓인 듯했다—이러면 사람은 살지 못할 테니 그런 건 아니라고 빠르게 인정했다—알 수 없는 기분이 확 올라왔다. 머리끝까지 차오르다가 한순간 빠지며 날 무기력하게 만들었다. 난 이름 붙이지 못한 감정에 대해 알고 싶었다. 인간으로서 알지 못하는 게 있다면 인간이 아닌 이에게 물어보면 되는 것 아닐까.

인어는 우리와 비슷하게 생겼지만 엄연히 다른 존재니까. 물어보면 답이 나올지도 몰랐다.

나는 어김없이 오늘도 코델리아가 있는 곳으로 달려갔다. 코델리아가 오기 전에 바다에 도착하고, 모래사장에 앉아서 기다렸다. 조금 지나니 코델리아는 원래 나타나던 자리에서 등장했다. 나는 인사와 함께 묻고 싶었던 질문을 꺼냈다. 아니, 나도 모르겠어. 안타깝게도 완성되지 않은 답변이었다.

코델리아 또한 내 감정과 감각에 대해 가늠할 바 없었다. 인어도 알지 못하고 인간도 알지 못하는 감정이라니. 그럼, 동물에게라도 물어봐야 한단 말인가. 어떻게? 나는 생각하기를 포기했다. 어떤 상태인지 예측조차 하지 못하는 감정. 처음 느낀 감각은 처음에는 위태로웠으나 점점 더 명확해지는 게 느껴졌다. 가족애와 비슷한 감정. 소위 사람들이 말하는 애정의 형태였다. 내가 코델리아를 가족처럼 아끼는 기분이었다. 그러나 가족애와는 달랐다.

아무리 가족이 나에게 관심이 없어도 어린 내가 가진 가족애란 필수적인 것이었으므로 정확하게 어떤 형태인지 안다. 다만 현재 느끼는 감정은 가족애와 달랐다.

가족처럼 아껴주고 싶지만, 그 형태가 더 불분명하게 울렁거렸다. 변한 감정을 다시 한번 코델리아에게 물어봤지만 명확하게 나오는 답은 없었다. 난 여전히 이 감정에 대해서 몰랐다. 그 뒤로 코델리아를 찾아가더라도 내가 느끼는 감정과 감각이 확연하게 느껴지는 것 말고는 무어라 설명할 방도가 없었다.

어느 날은 코델리아에게 육지에 대해 알려주고 싶다는 생각이 들었다. 건물이나 생활양식을 알려줄 방법은 없으니 가장 먼저 보여줄 수 있는 생명에 대해 생각했다.

바다와 비슷하면서도 다른 점이 무엇이 있나. 바다에는 물고기가 살고, 인어가 살고, 산호가 있으며⋯. 아. 바다에 없으면서도 비슷하다 할 수 있는 게 있었다. 식물. 꼭 바다의 미역이나 해초를 연상시키면서도 색은 산호처럼 아름답고 잎은 해초처럼 생긴, 육지로 올라오지 않으면 볼 수 없는 것들이었다.

좋은 결정이었다. 나는 코델리아에게 아름답게 생긴 꽃을 보여주고 싶었다. 마침 여름이니, 여름에 피는 꽃들을 따서 코델리아에게 가져다주기로 했다. 나는 집 주변에 있는 알록달록한 색의 꽃들부터 바닷가 가는 길목에 피는 돌 틈 사이 꽃들까지 꺾어 양손 가득히 쥐고 갔다. 그중에서도 하얀색의 잎이 예쁘게 펼쳐진 꽃은 꼭 코델리아를 닮아서 꼭 보여주고 싶었다. 그러나 문제는 줄기를 잃은 꽃들이 제대로 살지 못한다는 것이었다.

물에 담가두지도 않았으니 그 쨍한 날에 잎들은 전부 말라버리고 꽃이라고 부를 수 없을 지경이었다.

나는 어찌할지 고민하다가, 지금까지 모았던 용돈을 가지고 작은 꽃다발을 사 코델리아에게 가져다주기로 했다. 주문하는 건 오래 걸리기도 하고, 값싼 꽃집에서 가장 작은 꽃다발—꽃 종류는 많으나 각 하나씩만 들어 있었다—을 사 코델리아에게로 갔다. 꽃다발을 고르다가 시간이 너무 빨리 가버리는 것도 모르고 고민이나 해버려 늦기 직전이었다.

오늘따라 버스가 느린 속도로 달렸고 나는 딱 봐도 어제와는 다르게 바다에 늦게 도착했다는 사실을 깨달았다. 많이 기다리고 있겠지. 내가 조금 더 생각해 보고 판단해야 했는데. 그러지 못한 자신을 질책하면서 도착한 바다에는 그 자리에서 기다리고 있는 코델리아가 보였다. 내가 언제 오는지 알고 싶어 목을 쭉 뺀 채로.

멀리서 뛰어오는 내 모습을 발견이라도 한 것인지 나를 향해 손을 흔들고 있는 코델리아가 보였다. 나는 품에 꽃다발을 꼭 안은 채 코델리아에게 다가갔다.

모래사장은 오늘따라 유난히 까끌까끌했다. 햇살이

강하지도 않은데 꼭 수분을 전부 잃어버린 듯했다. 그 누구의 발걸음도 허락하지 않은 모래사장에 내가 발을 들이니 코델리아의 얼굴이 환해졌다. 그리고 반응은 내 품에 가득 안긴 물건에 대해 궁금해하는 눈치였다. 아무래도 바다에는 있지 않을 테니까. 당연한 반응이라는 듯 나는 필시 만족한 웃음을 짓고 있었을 게 분명했다. 그러지 않는다면 내 입꼬리가 그렇게나 올라간 느낌을 받지도 못했을 터.

나는 꽃에 대해 설명해 주기 전에 코델리아에게 먼저 만져볼 수 있게 해줬다. 코델리아는 멈칫하더니 이내 다시 꽃잎을 만졌다. 엄지와 검지 사이로 비빈 꽃잎은 얇아서 금방이라도 찢길 것처럼 흔들렸다. 그걸 아는지 코델리아도 꽃잎을 금방 깨질 진주처럼 대했다. 엄지와 검지가 마찰되는 시간이 짧았고 두 손가락이 닿자, 코델리아는 금방 손을 떼기도 했다. 한 번 오랫동안 만져주고 난 뒤에는 꽃잎을 두 번 쳐보기도 하는 행동을 보였다. 그러고는 시선이 나에게로 향했다.

"해민, 이게 뭐야?"

"아, 이건 꽃이라고 하는 거야. 육지에서만 피는 식물. 너희에게는 해초와 비슷한 걸까."

"해초보다 훨씬 예뻐. 마치 산호나, 열대어처럼 생긴

거 같아. 화려하고 예쁘고….”

"마음에 들어?"

내 질문에 이어진 답은 표정에서 드러났다. 코델리아가 꽃을 건들면서 웃었다. 좋아한다는 의미였다. 손가락에 닿은 꽃잎이 생기 있게 흔들렸다. 건드는 족족 꽃들이 바람을 따라 한 방향으로 흔들렸다가, 다시 코델리아의 쪽으로 고개를 내밀었다. 어쩌면 꽃들도 인어를 좋아하는 건 아닐까. 꽃들이 전부 내가 아닌 코델리아의 방향으로 목을 쭉 빼고 있는 것을 보면. 뿌리가 없어진 생명들도 무의식적으로 아름다움을 따라 찾아가는 듯했다. 마치 해바라기가 태양이 있는 방향을 바라보며 피는 것처럼.

인어는 태양이었고 꽃들은 당연히 빛을 찾았다. 나는 그 모습이 퍽 예뻐 보일 수밖에 없었다. 아름다움. 미에 관한 이론을 형상화한다면 이런 느낌이지 않을까. 아름다움을 잃지 않을 코델리아가 영원토록 밝게 빛날 미래를 생각했다.

인간보다 아름답고, 그럼에도 자신들의 아름다움을 알지 못하는 삶이란 어떤 삶일까. 형용할 수 없는 생각이 머릿속을 가득 메웠다가 사라졌다. 나는 멍하니 초점 잃은 시선을 깨닫고 다시금 코델리아를 바라봤다.

나는 눈이 커졌다. 특유의 밝은 웃음으로 꽃에 시선을 두면서 발랄한 웃음을 짓고 있었다.

나는 그런 코델리아의 미소를 좋아했다. 내가 가장 좋아하는 얼굴이었다. 그러나 이번에는 다른 생각도 들었던 것 같다.

예를 들면, 일절 떠올리지 않았을 법한 생각과 행동.

인간의 무의식에 지나지 않았을 감정이 무턱대고 고개를 들더니 비어 있던 마음에 이상(異常)이 순식간에 채워졌다. 비어 있던 마음의 장소가 가득 찬다고 해서 답답하지도 않고, 그렇다고 숨을 쉬기 어려워지는 게 이해되지 않았다. 숨이 막힌다는 뜻은 어딘가 차올랐기 때문일 테고, 답답하지 않다는 건 목구멍 아래에 산소를 옮기는 모든 장기에 아무런 문제가 없다는 뜻일 텐데. 역설적인 문장이었다.

결론적으로 몸이 이상해졌다. 심장이 마구잡이로 요동쳤다. 원래 뛰어야 하는 속도보다 훨씬 빠르게 뛰고 있었다. 손을 심장 위에 올려두고 있으면 커다랗게 운동하는 심장 움직임과 그에 따른 거대한 소리가 밖으로 새어 나갈 것만 같은 기분에 나는 한순간 부끄러워졌다.

이 소리가 들리면 네가 놀라지 않을까. 인간의 심장도 인어와 별반 다르지 않게 뛸 텐데. 숨을 고르려 크게 들이마셨지만 내뱉어지는 건 아주 약간의 숨이라 몇 번 캑캑거렸다. 코델리아는 놀란 얼굴로 날 봤고, 이어 나는 괜찮다는 소리로 코델리아를 안심시켰다. 나를 향한 채 살짝 커진 눈동자가 떨림을 멈추며 원래의 모습을 찾아가는 게 보였다. 다행이었다.

온전한 방향성을 잡은 시선은 나 또한 마찬가지였다. 내 시선은 바다 너머를 품은 코델리아만의 방향이었으므로. 코델리아가 웃고 있는 얼굴에 내 감각이 다시 쿡쿡 찌르는 듯했다. 이번에는 몸 전체를 포함하고 있었다.

손가락 관절 하나를 꺾으면 꼭 쥐가 난 것처럼 마디가 찌릿했다. 한 번이라면 뼈마디가 다시 맞춰진다고 생각하고 넘길 텐데, 엄지부터 새끼손가락까지 몇 번을 움직여 봐도 똑같았다.

나는 이 상황을 이해할 수 없기에 무턱대고 넘길 수조차 없었다. 눈을 깜빡거리면 눈꺼풀이 움찔거리며 떨렸고 말을 꺼내려 입을 벙긋거리는 순간, 윗입술이 경련했다. 흔하게 마그네슘 부족이라고 말하는 현상과 비슷했다. 마치 전에 심장이 찔리는 감각과도 일치했다. 그보다도 심했지만. 비슷했으니 같은 감각에서 비롯되었음이 맞았으리라 판단했다. 그렇기에 더욱더 손가락을 접었다 펴보려고 했지만 실패했다. 뇌에서 신호 보내는 걸 깜빡하기라도 한 건지 손가락이 움직이지 않고 내가 요청하지 않은 눈꺼풀이 움직이며 닫혔다 열렸다를 반복했다.
 말하자면 정말로 이상해졌다고밖에 설명되지 않았다, 본연의 내가.
 어떻게? 어찌 된 영문으로? 밖으로 새어 나가지 못해 갇혀 있기만 한 생각들이 머리 안에서 돌아다녔다. 나는 나에게 이런 식의 감각이 생겨난 의미를 알고 싶어했다.
 인간이란 흥미를 배제하더라도 궁금증을 풀지 않으면 생각에 잡혀 있는 생물에 가까웠으므로 내가 선택한 반응은 정상적인 흐름이었다. 그러나 내가 이미 알고 있었다는 점은 정상의 범주를 조금 벗어난 문제였다.
 묻지 않아도 답을 할 수 있었지만 그럼에도 인정하고 싶지 않아 했다. 내가 느끼는 감정을 과거에도 느껴봤던 기억이 있다. 지금보다 어렸고 아무것도 몰랐던 시절에, 어떻게 알았던 건지, 이 감정이 소중하다고 생각했던 때. 내가 인정하기까지 굳이 말하자면 오랜 시간이 걸렸던 감정. 그리고 그에게서 태어나는 감각을 나는 익숙하지는 않게 받아들였다. 알고 있었음에도 불구하고.
 내가 처음으로 느낀 감정이 아니었기에 이상하다고 설명하는 쪽은 어울리지 않았다. 그러나 지금에 와서 이런 감정을 느끼는 상황 자체는 이상하다 묘사될 수 있는 것 아니겠는가. 난 이 감각을 맞이할 때마다 난관에 봉착했다. 내게는 영원히 익숙해지지 않을 게 분명하다.

아마 모두가 한 번쯤은 느껴봤을 법한 마음이었다. 그래, 마치 첫사랑에게서 느꼈던 감정. 그러나 그것보다 훨씬 달콤하면서 쌉싸름한 맛의 감정은 확실히 다른 느낌이었다.

부풀어 오른 솜사탕과도 같은 단맛이 나던 첫사랑은 내가 기대한 것보다 달았고 입에 넣을수록 더 달아지는 그 맛을 좋아했었다.

단 걸 그렇게 좋아하는 성격이 아니었음에도 나는 첫사랑의 달콤함을 기억했다. 죽으려고 할 때도 그랬다. 내 가방에 첫사랑의 편지가 있었던 건, 아직까지 첫사랑의 감각을 잊지 못했던 이유에서였다. 나에게 소중한 물건. 죽을 때마저 옆에 두고 싶은 물건들. 감각이나 기분은 가져갈 수 없으니 휘발되는 기억을 죽음 끝까지 안고 가야 했다. 나는 사랑의 모든 것을 안고 죽으려고 했던 날과 다르게, 그 쌉쌀한 첫 만남에 커피 맛과 같은 사랑을 느꼈다.

사랑이란 자세히 무엇일까. 이름을 붙일 수도 없이 울

렁거리는 기분까지도 뇌에서 나오는 감정이라고 치부할 수 있는가.

  누군가를 좋아하고 사랑하는 감정이 단순히 뇌에서 나오는 작용으로 반응한다면 이는 마음에서 우러나오는 감정이라고 부를 수 없지 않을까. 그럼 이는 진실된 마음일까? 거짓이 진실이 되고, 진실이 거짓이 되는 세상에 나 혼자서 무어라 생각해 봤자 진실과 거짓은 종이 한 장 차이겠지만. 나에게는 뇌가 진실이라고 말하는 와중에 내가 믿지 않으면 진실이 되지 않았다. 뇌가 보내는 뇌파의 작용과 내 생각이란 건 다른 것이니까.

  인간이 사랑을 한다는 건, 누군가에게 있어서 감각적인 감정이기도 하고, 누군가에게는 과학적인 작용으로 온몸 전체에 환각을 주는 느낌일 수도 있다. 나는 어느 쪽도 내 사랑을 이해할 수 없으리라고 생각했다. 내가 느끼는 건 사랑이었을 테다. 확답할 수는 없지만 내가 느끼고 있는 감정이 단순한 애정의 형태라면 이러지 않았을 터. 그럼에도 나는 헷갈리는 감정을 무엇이라 칭하지 못했다. 사랑으로 치부하면서 이 감정을 그런 단순한 명칭으로 넘겨버릴 수 있는 감정인가? 아니, 다시 물어봐야 했다. 나는 사전에 단어의 뜻을 적어 내려가는 것처럼 명명하는 작업에는 소질이 없었다.

나도 사랑이 단순하지만은 않은 감정이란 사실은 알고 있었다. 그렇다면 내가 가지고 있는 감정이 이론적으로 사랑이라 부르는 의미와 같은 형태를 띠고 있는가? 물어본다면 나는 고개를 저었다. 달랐다.

내가 가지고 있는 사랑의 형태는 생각보다 복잡했다. 어린아이가 가지고 있는 감정의 이름을, 누군가는 중요치 않게 생각할 수도 있지만 자고로 나는 이 감정을 여전히 몰랐고, 알려고 노력하지도 않았고. 오히려 무시하기 바빴다. 내가 코델리아에게 어떤 감정을 품고 있는지는 단 하나도 중요하지 않았기 때문에. 열심히 무시해야 했고 나는 그 감정을 들여다볼 용기가 없었을뿐더러 나에게 이런 감정은 관계를 구축하는 데 필요 없는 양분으로만 남을 게 분명했다.

나 홀로 가지고 있는 감정을 상대에게 들키지 않기 위해서는 나조차도 속이는 것. 내가 안쪽에 담아두고 영원히 들춰보지 않는다면 보이지 않을 감각이므로. 코델리아의 웃음을 보고 마음이 동하는 건 입을 닫고, 눈으로 새어 나올 것 같은 기분을 숨기고. 같이 웃으면서 너에게 잘 정돈된 말을 건네는 게 좋았다.

머릿속으로 할 말을 고르면서 이번에는 실수하지 말자고 다짐했다. 매번 네게 말을 건네려 마음을 먹으면 단 한 번도 생각과 똑같이 나온 적이 없지 않나. 이상한 단어가 모여 문장이 되고, 그대로 이상하게 전달되었다. 그러니 이번에는 몇 번이고 숨을 내뱉었다.

"맞아, 예쁘지."

이번에는 숨을 들이마셨다.

"…내가 가지고 있는 돈이 그렇게 많지는 않지만 그래도, 최대한 너에게 다양한 꽃을 보여주고 싶었어."

잠깐의 뜸을 들였다. 내가 하고 싶은 말이 아직 정리되지 않았던 탓이었다. 긴말하는 건 나에게 너무나 오랜만인 일이라, 어떻게 단어를 이어서 한 문장 이상으로 길게 전해야 할지 판단할수록 헷갈렸다. 내가 원하는 단어를 조합해서 전처럼 이상한 의미가 된 말이 튀어나오지 않도록 조심했다. 말을 길게 이을수록 자신이 생각한 의견은 갈피를 잃고 결국에는 끝맺음도 제대로 하지 못하고 완성되는 대화로 실수할 수는 없었다.

내가 가져온 꽃다발에도, 그 꽃다발을 보고 있는 코델리아에게도. 우리는 시간이 많으면서도 정해진 시간을 살아가니까. 그 시간 안에 모든 말을 질서정연하게 내뱉기 위해서는 이 방법이 제격이었다.

"육지에는 사계절이란 게 있는데, 봄, 여름, 가을, 겨울이라고. 계절마다 피는 꽃이 달라. 네게 보여준 꽃들은 여름에 피는 것들이고."

코델리아가 집중하고 있는 듯 고개를 끄덕였다. 시선은 꽃다발에서 이미 나한테로 옮겨진 채였다. 나는 그 시선에 말을 멈추고 눈동자를 굴렸으나 아직 할 말이 끝나지 않았음을 깨닫고 다시 코델리아를 바라봤다.

"나중에 다른 계절의 꽃들도 보여주고 싶어."

내가 꽃을 가져온 본 목적에 가까웠다. 여름의 꽃을 보여주었으니 봄, 가을, 그리고 겨울에 피는 꽃도 전부 보여줄 수 있으면 얼마나 좋을까. 코델리아는 환하게 웃었다. 밝게 빛나는 미소에 담긴 의미를 모두가 읽을 수 있을 법하게. 그 누구도 웃음에 담긴 뜻을 다르게 해석할 수 없을 정도로 말이다. 나는 내 문장들이 세상 밖으로 잘 정리되어 나왔다는 사실에 만족하며 꽃다발을 향해 고개를 기울였다.

꽃에는 유독 하얀 꽃이 많았다. 분명 여러 종류의 꽃을 전부 가지고 왔지만 어쩐지 이 꽃다발에 유독 마음이 끌렸던 이유가 아무래도 이 때문이었던 것 같다.

하얗고 예쁜 꽃다발. 확실히 너를 닮았다. 하얗게 흩날리는 모습이 마치 코델리아의 어여쁜 머리카락을 닮았고, 작게 피어난 꽃들이 코델리아의 눈동자를 닮았으며 포장된 꽃다발이 되어 비로소 인어처럼 아름다워졌다. 꽃다발을 묶은 리본은 연한 분홍색이라 한껏 산뜻해진 분위기를 자아냈다. 꽃다발을 품에 안고 있던 팔에 힘을 더해봤다. 겉을 포장하고 있던 종이가 구겨지는 소리가 났으나 나는 코델리아와 닮은 이 꽃다발을 품에서 놓고 싶지 않았다. 품속에 더 가까이 담을 수 있다면 진작 그러고도 남았을 터였다.

꽃에는 아무런 해도 가하지 않으면서 무언가 뒤흔들리는 마음 때문에 무의식적으로 나온 행위. 나는 내가 어떤 움직임을 취하고 있는지 제대로 판단하기 어려웠다. 두 눈으로 보고 난 이후에 깨닫는 행위는 막을 수도 없이 이어지기 마련이었다.

꽃의 강한 향기 때문일까. 너 때문일까. 어느 쪽이든 널 닮았다는 이유라면 설명이 되지 않았다. 꽃다발을 안고만 있는 걸 설명할 길이 없으므로 나는 여전히 네가 꽃에 관심 있어 하는 모습만을 바라보았다.

바다로 돌아가게 되면 너는 내가 꽃을 가져다주지 않는 이상 다른 식물들은 볼 수 없게 되겠지. 그러면 코델리아는 분명 아쉬워할 것이다. 잠깐 마주한 꽃을 그렇게나 예뻐했는데 볼 수 없다는 건 아쉬운 일이고, 아름다움을 잃는다는 건 그만큼 슬픈 일일 수밖에 없으니. 나는 품에 안고 있던 꽃다발을 한없이 바라보기 시작했다. 꽃들이 바람의 방향에 따라 살랑거리며 움직이고 있었다. 꽃잎이 떨어지지 않지만 거센 바람에 나는 무의식적으로 꽃들의 바람을 막아주려 몸을 움츠렸다. 바람이 잦아드는 순간 나는 굽히고 있던 상체를 들었다. 꽃들은 살랑임을 잃지 않았다.

괜찮다는 사실을 깨달은 이번에는 코델리아에게로 시선을 돌린다. 여전히 꽃에 시선을 떼지 못하고 있었다.

나는 꽃다발에 닿은 손가락을 움찔거리며 움직이다가 생각에 빠졌다. 이 꽃다발을 내가 가지고 있는다 해서 내가 끝까지 키울 수 있는가? 당장 어제의 상태만 봐도 그건 아니었다. 뿌리가 잘린 꽃의 마지막까지 사랑스러운 눈으로 아껴줄 수 있는 존재는 내가 아니라 분명 코델리아이므로. 나는 더 이상의 고민 없이 꽃다발을 그대로 코델리아에게 건넸다.

"바다로 가져가서 꽃이 시들 때까지 보고 있어줘."

꽃은 소금물과 천적이다. 그를 제외해도 물을 많이 먹게 될 경우 꽃은 빠르게 시들고 만다. 이 사실을 알지 못했든 알았든 나는 어찌 되어도 코델리아에게 꽃다발을 건넸을 것이다. 코델리아의 웃는 모습이 보고 싶어서. 코델리아가 꽃을 더 오래 봐주었으면 하는 마음 탓에. 꽃다발을 보면서 웃는 표정이 코델리아 또한 너무나 만족하고 있는 듯해서. 건넨 내 손과 꽃다발, 그리고 표정을 번갈아 바라보던 코델리아는 조심스럽게 자신의 품속으로 꽃다발을 집어넣었다.

품에 가득 안은 꽃의 아름다움이 코델리아와 만나면서 한껏 빛나는 듯했다. 그 이후에도 우리는 이런저런 대화를 했다. 코델리아는 품에 꽃다발을 여전히 쥐고 있으면서도 항상 있던 장소에 자리를 잡고 매번 그랬듯 평범하기 짝이 없는 일상의 이야기를 나누었다.

내 이야기라고는 매일 똑같이 코델리아를 보러 오는 일이 대부분이니 재미있다거나 특이한 일이 일어날 리는 전무했다. 만나러 오는 길목에도 무언가 색다른 일이 일어나지도 않고, 그 순간을 제외하면 나에게 일상이란 반복적인 작업 정도 되는 일이었기에 쉽사리 꺼낼 수 있는 말은 없었다. 그러나 코델리아는 매번 내 이야기마저도 눈을 마주하고, 집중하고 있다는 고개의 끄덕임을 보여주면서 나를 대했다. 내가 일상 이야기를 피하고 선호에 관한 이야기나, 내가 알고 있는 지식에 대해서만 이야기해도 코델리아는 똑같은 집중력과 내용마다 다른 반응을 보여줬다.

어쩌면 그랬기에 나는 또 심장이 덜컥 흔들렸을지도 모른다. 갈대처럼 흔들리는 마음. 감정의 크기가 진즉

커져가고 있었음에도 어렸던 나는 자신의 감정에 정론을 내릴 수 없었을 테다. 하늘도, 바다도 아닌 공기 중을 유랑하는 기분. 붕 떠 있는 몸에 정신은 이미 바다의 너머로 떠나버린 지금, 내가 할 수 있는 생각이 그렇게 많지 않다는 걸 깨달았다.

그 이후에도 변함없이 나는 손을 흔들었다. 집에 갈 시간이 되었으니까. 뒤를 돌아 버스 정류장으로 향하는 길목이 온전했음에도 나는 달리 발걸음이 떨어지지 않는 이유로 너무나도 먼 거리를 탓했다. 어쩐지 돌아가는 길의 노을이 진하더니, 쓸모없는 생각이 불쑥불쑥 튀어나왔다.

나는 여전히 나를 몰랐다. 너도 나를 모르고, 나도 너를 모르긴 마찬가지였다. 그렇기에 내가 나를 알지 못해서 운이 없게도 깨닫지 못하는 일이 너무나 많았다.

나는 어울리지 않게 영원을 믿었다. 기약이 없어서 언제일지도 모르는 영원을 싫어하는 사람들이 아무리 많다고 하지만, 나는 그러기에 좋아했다.

말 그대로 기약이 없으므로, 나는 코델리아와 함께하는 시간이 끝이 나지 않으리란 것에 안심할 수 있을 터였고 나에게 영원함이 평생임을 감안하면 평생 코델리아와의 만남을 지속할 수 있다는 사실이 만족스럽게 다가왔다. 삶이란 영원하지 않으므로 괴로움은 언젠가 끝나리란 사실도 알고 있었다. 영원한 것과 그렇지 못한 것들. 영원에는 시간이 지나가도 알아차리지 못할 만한 것들이 얼마나 많은데.

나는 나의 소망이 영원하지 못하다는 사실을 알아서 코델리아와의 만남이 유구하게 이어지지 않으리란 사실도 깨달을 수밖에 없었다. 내가 코델리아를 만난 건 학기 중이 아니라 방학이지 않은가. 그러니 당연하게도 내가 학교에 가게 된다면 코델리아를 보러올 수 있는 시간은 훨씬 줄어들 터. 어쩌면 아예 만나러 오지 못하는 날이 생길지도 모르는 일이었다. 평생을 만난다는 확률이 있으면 그러지 못하는 확률도 있는 법이고. 내가 멋대로 만남을 영원이라 지었지만 언젠가 싫증이 나 코델리아가 먼저 떠나는 일이 생길 수도 있는 노릇이다.

나에게만 영원이면 다 되는 게 아니라, 코델리아에게도 필수적으로 영원이란 말이 성립해야 했다. 만약 더는 서로에게 영원을 기약할 수 없게 되면 나는 어떻게 해야 하는 걸까.

길을 알려주던 표지판에 글자가 지워지면서 가야 할 방향을 잃은 느낌을 받았다. 방향을 묘사하던 거리의 경계가 사라지고 나는 우뚝 서서 아무것도 없는 주변을 바라보는 방랑자 신세가 되었다. 기억한 방향까지는 걸어갈 수 있다지만 그 이후에는 어디로 가야 할지 감이 잡히지 않았다. 오지도 않은 일에 멋대로 걱정하기나 하는 제 모습이 결국에는 어리석기까지 해 보였다. 그럼에도 시간은 흘러가고 있다. 망상 속에서 실망하고, 우울해하고, 본인을 낮잡아 보고 있는 지금 이 시각까지 나에게 허락된 시간은 하염없이 줄어들고 있었다.

인간은 시간을 막을 수 없는 존재다. 그만한 능력이 없을뿐더러, 시간이란 세상의 이치와도 관계된 중요한 요소이다. 시간을 건든다는 건 세상의 운명을 바꿀 수도 있을 이야기이고, 그러니 절대적인 신은 인간에게 특별한 능력을 주지 않았다. 그들에게 재능을 내렸을지언정. 나는 처음으로 그런 신의 행동에 원망을 담았다.

물론 나에게 있어서 신은 그리 커다란 부분을 차지하고 있지 않았다. 가족도 신을 믿는 종교 집안이 아니었기 때문이었다.

신은 매체에서 언급되는 절대자라는 내용의 잡다한 말들이나, 수업 시간에 배운 전지전능한 신에 관한 이야기만이 내가 아는 신에 관한 전부였다. 어린아이가 신이 어떤 존재인지 깨닫는 데에는 그리 오랜 시간이 걸리지 않는다. 다만 그에 대해서 얼만큼이나 자세하게 알맞은 정보로 깨닫는지와 얼마나 마음에 두고 있을지 아닐지에 따라 생각이 나뉘었다. 비록 나는 아닌 편이 었지만. 가끔 믿을 때가 있는 법이다. 신을 믿는 행위에 대한 활동은 아무것도 안 하면서 중요한 일이 있거나 원하는 일이 있을 때마다 신에게 빈다거나 하지.

지금은 정확하게 말하자면 신을 원망하는 중이었다. 시간을 조금만 느리게 흘러가도록 생명과 생명의 인과관계를 조금만 조율해 줄 수는 없는 일인 걸까. 손가락 한 번 팅기면 손쉽게 멈추는 건 일도 아닌 신의 지위에서 어떤 이유로 시간만은 매번 빠르게 흘러가게 만드는 건지 알 수가 없다.

방학 동안 흘러간 시간이 학기 중 흘러가던 시간보다 빠르게 지나가고 있다는 생각도 했다. 심리적으로 그렇게 느낄 수밖에 없는 걸까. 시간이란 개념을 만든 인간이 시간의 본질은 알지 못하니 이 또한 확정되지 못한 사실뿐임을.

오히려 그들이 나와 인어를 만나지 못하도록 손을 쓰고 있는 건 아닐까, 하는 의심도 더해서. 인간이 알아서는 안 될 존재의 등장은 신조차 놀라움이었던 걸까. 일종의 괴롭힘이라 생각했다. 인간은 영원토록 무지해야 하고, 세상의 비밀을 들춰내어서도 안 되는 역할을 부여받은 것이라면 항상 그중에 돌연변이가 있는 건 당연하다. 그 역할이 이번 생에는 나에게 부여된 자리라고 믿어 의심치 않았다.

신은 이 자리의 존재마저 원하지 않는 게 분명하다. 그러나 가히 흥미를 오랫동안 이끌어 내지 못하는 어린아이였기에 내게서 떠오른 종교적 생각은 오래가지 않았다.

무엇보다 신이라는 절대자의 역할을 중요치 않게 생각하는 나의 입장으로서 생각을 이어나가는 데 덧붙일 이유나 근거에 한계가 있었다. 내가 그런 정보에 무지했던 탓도 있었다. 자세하게 신이 어떤 인물인지 몰랐으므로. 금방 다음으로 넘어가 버린 객체에 신은 본연이 뒷전이었다.

그다음으로 이어진 원망의 대상은 다름 아닌 본인, 즉 나였다. 어째서 자기 자신을 골랐냐고 묻는다면 크게 이유라고 떠들 건 없었다.

당연히 자신은 인간이므로 아무것도 하지 못한다는 점이 제일 큰 이유이지 않을까 하는 가정만 존재했다. 그렇다고 확실하지도 않은 생각을 원망의 감정으로 전부 설명하기에는 맞지 않았다. 그럼에도 나에게 드는 생각과 감정을 원망이라고 말하는 건, 이 상황에서도 적절한 행동을 취하지도 못하면서 생각으로는 뭐라도 할 수 있을 듯이 떠드는 내가 바보 같았다.

어쩔 수 없는 일 아닌가. 나는 나고. 절대로 다른 사람이라고 설명할 수도 없을 수많은 시간대의 나를, 미래에서 계속해서 원망하는 건 누구에게나 있는 일이다. 나도 평범하게 그러는 중이고. 시간을 막지도 못하고, 이 와중에도 흘러가는 시간에도 원망을 담았다. 어쩌면 나에게는 감정을 털어낼 소재가 필요했던 것일지도 모른다. 불안과 실망에 시달리면서 나에게 무언가 트일 곳이라도 있었다면 좋았겠지만, 가족도, 친구도 없는 나에게 그런 곳이라고는 코델리아뿐이었다. 그렇다고 이 말을 코델리아에게 전할 수 있는가? 아니. 절대로 그러지 못할 테다. 우울은 홀로 가지고 있어야 한다.

그 크기가 얼마인가에 따라서 판단이 달라질 수 있다는 점만 빼면 거의 혼자 가지고 있는 게 맞았다. 나는 어렸고 다른 판단을 끌어내기에는 능력이 부족했다. 누군가에게 도움을 외쳐볼 여력도 없었다.

누구에게 이 감정을 털어두어야 할까. 무엇에게, 어떤 것에게. 나는 알지도 못할 객체를 향해서 소리 지르고 싶어 했다. 숨이 턱 막히는 상황에 나는 오로지 생각만으로 모든 걸 해결하고 싶어 했으나 역부족이었다.

머리가 아파져 오기 시작했다. 눈의 옆에서 위로 조금 올라가면 살짝 파인 곳이 있다. 관자놀이라고 하던가? 거기가 아파서 엄지손가락으로 꾹꾹 눌렀다가 이번에는 눈 사이 미간이 땅겨서 또 눌렀다. 버스 정류장에 앉아 있다가 하마터면 버스를 놓쳐버릴 뻔했다. 꾸역꾸역 버스에 타서 오늘은 내가 항상 앉던 자리가 아닌 버스 중간에 있는 2인석에 털썩 앉아버렸다. 내가 어디에 앉는지도 모르고 뇌를 찌르는 불평 섞인 생각은 멈출 새도 없이 집 근처에 도달할 때까지 계속되었다. 버스에서 내리고 발길을 옮겨 집 앞에 도달하고. 괴이한 소리를 내는 문을 신경 쓰지 않으면서 방 안 침대에 몸을 던지기까지 내 상태는 똑같았다. 생각을 멈출 수 없다는 것은 이어서 피어나는 생각이 있다는 뜻. 생각에 생각을 이어서 떠오르는 질문은 하나다.

 나는 대체 누구인가.

 죽기 직전에 있던 나는 그날 바닷속으로 사라졌다. 죽음에서 되돌아온 이해민만이 남아 있을 뿐. 지금의 나는 코델리아를 만나고 변하지 않았던가. 아, 이걸 변했다고 설명해야 하는 걸까. 내 심성은 여전했겠지만, 생각은 변했고, 끊으려던 목숨까지 살아 돌아왔으니 나는 새로운 사람이 아닌가. 변하였다는 말보다 다른 사람이라고 칭하는 편이 더 옳은 것 같았다. 내가 생각하기에도 지금의 나는 과거와 완전히 달라져 있음이 눈에 드러나지 않았는가. 아무리 날 모르는 사람이 보더라도 두 가지를 비교하고 보면 확실하다고 말할 수 있을 테다. 그도 그럴 것이, 그 이후로 죽음에 대해서 단 한 번도 생각하지 않았기에.

이런 생각을 이어나가는 것도 웃기긴 했다. 내가 누구냐고 물을 만큼 나에게 확신이 없었다는 뜻이었으니까. 그러나 나는 원형을 가지지 못한 존재였으며, 내 존재의 올바른 모형을 끝내 알아내지 못했기에 죽음을 선택했다.

그렇다면 말이야. 나는 어떻게 하는 게 좋을까. 나를 알지도 못하는 내가 영원토록 존재할 수 있는 이유는 코델리아, 네가 있었기 때문인데. 본질을 알지 못하던 나에게, 나를 알려준 사람마저 너인데.

방학이 된다고 해서 코델리아를 보지 못하는 건 아니었다. 시간이 줄어들어서 볼 수 있는 날과 보지 못하는 날을 나누고, 본다고 하더라도 방학보다 훨씬 줄어들 시간을 나는 걱정했다. 그렇게까지 학교에 다녀야 할 필요가 있을까 싶은 생각이 들기도 했다.

나에게 있어 학생의 의무를 다한다고 해서 무엇이 변할 수 있을까. 내가 길을 잃었던 것조차 반복적이고 지루하며 행복을 찾기에는 안개로 가려져 있던 일상을 지내왔기 때문이라면 나는 특별해진 날들을 우선시해야 하는 것 아니겠나. 쳇바퀴처럼 굴러가는 일상에 발을 들였던 내가 빠져나온 이후의 나로는 어떤 이름으로 불러야 하는 걸까. 정녕 다른 사람으로 인식되어질 수 있을까. 그 누구도 인정하지 않을 이론을 나 혼자서 고민하는 이유는, 여태껏 나에 대해서 단 하나라도 깨달은 게 없었기 때문이었다.

사람에게 있어 일상이란 지루하기 짝이 없는 반복적인 생활에 불과했다.

나에게도 마찬가지로 평생을 이런 식으로 살아야 한다면 필시 모두가 포기하고 말 것인 삶을 살아왔다. 어디에서도 반겨주지 않는 존재, 갈 곳 없는 메아리가 주변에 울려 퍼졌다. 윙윙대는 소음에 귀를 막아도 당연히 변하지는 않으므로 이를 해결할 방법이 없다면 나는 인생의 변화구를 주는 수밖에 없었다. 나 스스로가 가능한 방법. 잊어버리지 않을 유일한 결과. 실패와 관계없이 몇 번이고 시도할 방법으로. 떠올린 방법만이 나의 마지막인 출구가 되어줄 것만 같아서. 나는 스스로 발걸음을 옮겼으나 예상과는 다르게 다른 변화가 내 삶에 불어닥쳤다.

코델리아를 만나고 삶을 전하면서 내가 느낀 모든 감

정이 살아 있음에서 비롯되어 온 것임을.

  당장 떠오르는 의문을 해결할 방법은 없었다. 지금에 와서 내가 누구인지에 대한 의문을 가진다고 수월하게 답을 꺼낼 수 있는 고지식한 인물도 아니었으매 확정되는 순간 내가 가진 모든 의문이 순식간에 매듭을 지어 버릴 듯한 이유에서였다. 질문을 건네고 싶지만, 답을 듣고 싶지는 않은 지독한 회피 성향에 나에게마저도 혀를 내두를 정도였다.

  그 전에 이 두려움에 대해 뭐라도 해야 했다. 코델리아를 보는 시간이 점점 줄어서 더는 코델리아와 만나지 못하는 지경까지 이르렀을 때, 내가 다시 평상시의 나로 돌아가야 한다면 나는 다시금 바다에 몸을 던지지 않을까. 살기 위해 떠올렸던 호기심과 관심, 애정들이 향할 곳을 잃었으니 어쩌면 당연한 현상일지도 모른다. 처음으로 되돌리겠다는 명목으로 바다에 뛰어든 내가 마지막으로 바다의 포말을 보면서 잠들어 버리고, 더는 인어의 파도 한번을 눈에 담지 못한다면 이는 분명 잘못된 선택이라며 자신을 자책할 테다.

  아, 이렇게 바다를 뚫고 들어가는 혐오감을 어쩌면 좋지.

  자기 혐오감으로 똘똘 뭉쳐 있으면서 타인의 애정을 원하는 내가 가히 역겨워 보였다.

코델리아가 나를 어떠한 기준도 없이 받아들여 줬다는 사실을 알면 현재의 내가 떠올리고 있는 생각들은 가당치도 않은 소모품들이었다. 휘발되어 버릴 생각을 이리도 오랫동안 지속하는 게 현재 상황에 올바른 행위는 아니었다. 나는 그만한 판단을 내리기에 온전치 못한 정신을 가지고 있었다는 말이 되고.

그러니까 내 본심은 코델리아가 아니더라도 인정받고 싶어 했던 것 같다. 코델리아가 없는 시간의 나를 알지 못하는 게 아니라, 일상에서도 코델리아의 역할을 자처해 줄 평범한 인물을 하나쯤이라도 옆에 두고 싶었다. 예를 들면, 조력자에 가까운 사람들같이. 내가 가진 모든 의문과 불안에서 비롯된 길 잃은 어린 양의 발걸음이 누군가에게는 분명 어리석어 보일지라도, 어리숙한 나는 그 의문점에서 진실된 답을 찾기를 바랐으므로. 내가 가진 코델리아를 향한 감정이 잘못 변모한 비이성적임이 아니라 벼랑 끝에서 하나라도 붙잡고 싶었던 마음이란 사실을 너무나 늦게 깨달았다.

내 본질을 잃고 인간이 아닌 존재에게 나에 대한 질문을 던지는 것. 내가 얼마나 위태로웠는지는 지금까지 한 생각들을 곱씹다 보면 답이 나왔다. 코델리아가 없다고 나를 잃는 게 아니라, 원래부터 나는 불완전했기에 확신을 주는 코델리아가 필요했던 것이라고.

　벼랑 끝에 도착하기라도 한 듯 내뱉은 체념이 아니라, 나는 아직까지도 나에게 있을 희망을 믿고 싶었다. 지금 내가 가진 감정은 코델리아를 향한 애정보다도 본능적이고, 필시 없어서는 안 되는 본성. 위험에 반응하고 대비하는 인간이라는 존재에게 필수적으로 일어날 문제였다. 나는 이를 코델리아를 통해서 깨달았던 것이고. 내가 어리석은 정신을 붙잡지 않았다면 지금껏 깨달은 생각이 모두 물거품으로 돌아갔을 것이 분명했다. 나는 그만큼 절실했다. 애정의 크기보다 커다란 무언가가. 아니면 코델리아와 헤어지지 않고서 만남과 관계를 지속할 수 있을 방법을.

　무턱대고 바다에 뛰어들 충동을 겨우 억누르고 나는 그날 이후의 내 모습을 상상했다. 매일 낮에 늦지 않게 버스 정류장에 도착해서 가끔 사람이 타는 한적한 버스 맨 뒷자리에 앉아 창밖을 바라보다가, 바다 근처에 도착하면 아무도 촉박하다 말하지 않았음에도 모래사장으로 뛰어가는 내가 보였다. 푹푹 빠지는 모래의 감각이 선연했다. 바다의 일렁임은 아름다웠고 하늘에서 내리쬐는 태양의 열은 강했다. 태양 빛을 맞고 있으면 꼭 녹아 없어질 듯한 눅진한 얼음의 모습을 모방하여 흘러

내릴 것만 같았다.

 미지근한 액체가 되어서 본연의 차가움이란 전부 잃어버리고 원체 가졌던 본질을 잊어버리고 말 터. 나는 어떠한 원형의 존재였는지도 알지 못한 채 무언가와 하나가 되겠지. 어쩌면 모래에 스며들어 갈 수도 있고. 그렇다면 난 바다의 일부분이 되지도 않고 햇빛에 말라 사라지겠지.

 뒤이어진 파도의 높이가 상당하다. 내가 마르기 전에 모래와 함께 휩쓸어 갈 수 있을지도 모른다. 그러나 이 모든 행위가 상상에서 비롯된 것임을 깨닫고 나면 나는 언제 그랬냐는 듯 고개를 젓고 현실을 마주했다.

 내가 접하고 있는 모든 몽상의 개념이 단순히 일어날 리 없는 거짓된 상황임을 알았다. 꿈을 꾸는 형상이 점차 커질수록 마치 내가 현실을 벗어난 것만 같아서.

 그렇다면 언젠가 지독한 현실을 버리고 바다에서 코델리아와 함께 유영할 날만을 그리게 될 수도 있으리라 믿었다. 안타깝게도 나는 몽상가가 될 수 없었다. 바다를 유영하는 인간에게는 죽음뿐임을. 누구보다 바다로 향했던 내가 잘 알고 있는 사실이 아니던가. 시체의 뼈로 흩어지고 싶은 게 아니라면 그러한 선택이 필시 불가능하다는 사실도 알았다.

그 외의 질문을 꺼내기에 적합하지 않은 상태였다. 나는 더 이상 바다를 생각하기를 그만뒀다. 보고 아니고의 선택은 내가 할 수 있는 점이 아니매 코델리아에게는 이 사실을 알려주는 게 맞았다. 아무런 말 없이 내가 그 시간대에 도착하지 않으면 코델리아가 오해하거나 착각할 수도 있는 상황이지 않은가. 사양이었다. 어쩔 수 없다고 해서 거부할 권리는 없다. 말하고 싶지 않다고 해서 꾹꾹 숨겨둘 수 있는 내용도 아니었다.

여름의 끈적임

기어코 자리에서 일어났다. 창문으로 비친 하늘이 유독 어두웠다. 어제 본 일기예보에서 강풍과 함께 적지 않은 비가 내린다는 이야기를 들었다. 폭우까지는 아니지만 물줄기가 굵을 가능성이 있다고 했다.

오늘은 우산을 챙겨 가고 싶었다. 일반적인 사람이라면 비가 올지 모르는 하루에는 작은 삼단 우산이라도 챙겨 가는 것이 정상적이겠지만 나는 바다를 가는 동안에 단 한 번도 우산을 챙겨 가본 적이 없었다. 이번 여름은 장마가 짧기도 했고 거의 모든 비가 새벽에 내렸던 탓이었다. 가끔은 가방, MP3, 꽃다발을 포함한 물건을 가지고 코델리아에게 가니까 손에 쥐고 있는 물건도 없어서 괜히 어색하다고 해야 하나.

비가 오는 도중에 투명한 우산을 펼쳐 코델리아에게까지 미치는 비를 막아주고 싶다는 생각을 했다. 물에 사는 인어에게 비가 어떠한 영향을 끼치는지는 알지 못해도. 또한 코델리아는 물에 사는 생물이기 때문에 굳이 물을 피할 이유는 없어도. 그냥. 그냥 오늘의 비는 굳이 맞고 싶은 이유가 없었다. 내 생각이 그랬다.

아빠가 편의점에서 구매한 뒤로 아무도 쓰지 않은 4천 원짜리 비닐우산을 쥐고 문밖을 나섰다. 어차피 이것보다 깨끗하고 좋은 우산은 많으니, 누가 찾을 리는 없겠지. 준비하는 동안에도, 밖으로 발걸음을 옮긴 순간에도 비는 내리지 않았다.

물 묻은 우산을 쥐고, 폈다 접었다 하지 않아도 된다는 점에서 괜찮았다. 그럴 때마다 손의 물기를 마음껏 털어내지도 못하고, 어디 닦을 곳도 없어서 마를 때까지 기다려야 하지 않는가.

버스 정류장까지 걸어가는 길은 공기 중의 물기에 질식할 뻔했다. 한 걸음을 내디딜 때마다 온몸을 휘감는 열감에 제대로 숨을 쉬지도 못했던 것 같다. 금방이라도 비가 내릴 축축한 하늘이면서 물을 걷어내지는 않는 공기 중에 불쾌한 숨을 내뱉었다.

어서 한 번에 쏟아낸 하늘 아래에서 상쾌한 여름의 따

스함을 담은 바람과 울렁이는 도로의 아지랑이를 마주하고 싶어졌다.

　햇살을 담은 바람이 얼마나 뜨거운지, 그 속에서 숨을 쉬면 분명 태양의 강한 열기에 정신을 차리지 못하겠지만. 그와 반대로 나는 이런 축축한 공기는 질색이었다. 인간의 몸은 물을 온전히 빨아들이는 성질이 없는데도 비슷하다는 느낌을 받을 정도로 동일한 현상을 끌어내는 건 심히 문제가 있다는 이야기다. 바다에 빠져 축 늘인 몸과는 다른 느낌이었다. 이런 날씨를 어항 속 금붕어 같다고 하는 표현법을 들어본 적이 있었다. 그러나 물은 어디서든 더위를 머금었다 뱉을 수 있는 존재였다. 내가 향했던 바다도 그랬다. 여름의 기온을 이기지 못한 모래가 당장 앞을 차지하고 있음에도 바다는 본연의 힘을 잃지 않고 여전히 시원했다.

　발을 집어넣으면 갑갑하고 숨 막히는 더위가 아니라 차가운 온기가 발끝에서부터 머리끝을 맑게 청소해 주는 기분이었다. 진짜와 가짜를 분별하는 인간에게 더할 나위 없이 어리석은 답변이었다.

　어떻게 바다와 육지를 비교하겠는가. 둘은 엄연히 다른 세상이었다. 빨리 육지에서 벗어나고 싶었다. 눅진하고 진득한 육지에서 숨을 쉬기에는 이 불쾌함을 견디지 못하고 이내 길바닥에서 쓰러지고 말 테다. 안 그래도 찝찝한 몸을 물기 가득한 바닥과 맞닿는 순간은 상상하기도 싫었다. 비가 내린 뒤의 상황은 어떻게 변화를 맞이할지 모르겠지만, 그 순간만큼은 꿉꿉한 여름의 수온에 찌들고 싶지는 않았다.

이런 끈적한 공기를 맞을 바에는 어서 바다로 달려가자는 생각이었다. 급하다고 해서 무턱대고 뛰었더니 여태껏 느껴본 적 없는 숨 막힘이 턱 끝까지 몰려왔다. 숨까지 물을 머금었나. 오늘따라 숨을 고르는 게 여간 쉬운 일이 아니었다. 무겁고 끈적한 탓에 맥없이 모든 숨을 뱉어냈다가 얼음물에 씻어서 다시 빨아들이고 싶은 심정. 가뜩이나 날씨 때문에 불쾌하고 불편한 몸이 버스를 타기 직전의 정류장에 와서까지 말썽이었다. 더는 움직이지 못할 듯한 팔다리가 잘게 떨렸다. 이마의 둥근 부분을 따라 흐르는 땀을 닦기에는 이미 전체적으로 축축해져 있었던 것 같다.

억지로 팔을 들어 눈 위까지 흘러내린 땀을 닦고 나면 익숙한 번호의 버스가 제 앞에 섰다. 엉망인 숨을 들이마시고 축 늘어진 다리를 억지로 움직여서 버스의 문이 열림과 동시에 자리에서 일어났다.

상쾌한 공기가 버스 안에 맴돌았다. 시원한 에어컨 바

람이 불어왔다. 인공적인 공기가 버스 안을 메꿨지만 이 바람마저 없으면 정신을 잃고 말았을 것이었다. 아무렇지 않게 교통카드를 찍으면 경쾌한 인사 소리와 함께, 나는 어떻게든 바람이 잘 나오는 맨 뒷자리의 에어컨 아래에 앉았다. 안 그래도 머리와 가까운 자리라 버스의 바람이 강하게 내리쬐었다.

이제야 버스의 창문에 머리를 기대고 한껏 막혀 있던 숨을 전부 토해내기 시작했다. 눅눅했던 몸에서 땀이 마르고 금방 보송해지는 느낌을 받았다. 오늘 일어나고 난 이후의 일 중에 가장 만족스러웠다. 버스가 바다에 도착할 때까지 나는 평소처럼 밖을 구경하기는커녕 눈을 감고 불쾌한 잔떨림을 멈추기 위해 몇 번씩이나 에어컨 바람에 머리를 댔다.

정신을 놓고 제 상태에만 집중하다 보니 바다가 가까워졌음에도 바다의 내음을 맡지 못하고 번뜩 뜬 눈에 급하게 하차 벨을 눌렀다. 정거장까지 얼마 남지 않은 거리에 버스가 급속도로 느려지더니 정류장을 미세하게 넘은 선에서 멈췄다. 나는 좌석 옆에 세워둔 우산을 들고 뒷문이 열림과 동시에 달려가 내렸다.

시원한 공기가 감싼 몸 덕분에 뜨거운 열기와 만나도 아까보다 한껏 나았다. 또 이러다가 어느 순간부터 같은 행동을 반복하더라도 당장 바다를 가는 길은 좀 전처럼 괴롭지만은 않았다. 상쾌하지만 않아도 피붓결로 느껴지는 갑갑함이 없으니 숨을 쉬는 것도 한결 나았다.

코델리아를 만나러 가는 날마다 각각의 다른 일이 벌어질 때도 있었으나 오늘은 유독 이상하게 불쾌하고 숨이 막혔다. 바다를 포함한 밖이 아니라 에어컨 바람을 찾는다는 행위 내지는 본능은 이번 여름에 단 한 번도 일어나지 않았던 일이었다. 괴상한 일이었다. 이해를 벗어난 상황에 나는 제대로 된 생각을 이어나가기보다 그저 흘러가는 현상에서 눈을 돌리기로 했다. 몸이 받아들이는 감각은 뇌에서 전달되고 느끼기 마련이니. 한참이나 시선의 도달점을 잃은 내가 할 수 있는 것이라고는 눈동자를 멍청하게 굴려 별로 멀지 않은 바다까지 발길을 옮기는 일이 전부였다.

모래가 우두둑거리는 소리가 발아래에서 들렸다. 오늘도 어김없이 내가 먼저 도착한 바다가 여태 봐왔던 풍경만큼 아름답지 않았다. 흐린 날씨에는 항상 잿빛이 되는 바다에서 나는 그 색을 잃고 싶다고 소원하던 게 며칠 전. 아름다운 진주의 빛깔을 보고 난 이후부터는 색을 가진 생명이 얼마나 아름답게 일렁이는지를 알았다. 어쩌면 내 눈이 자체의 미를 판단하는 기준을 바꿨을지도 모른다.

　통일성을 거부하고 각자의 채도를 따라 하는 특이성에 도달하여 내가 가진 색과 바다가 가진 색과 세상이 가진 색의 차이점을 받아들이는 순간. 나는 눈을 감았다.

　모래사장 한가운데에 서서 언젠가 돌아올 바다의 색을 기억하며 눈을 떴다. 순간적으로 기억에서 꺼내어진 바다가 푸른빛을 띠며 반짝이다가 금세 원래의 모습을 되찾았다. 잠깐이라는 시간 동안 바다의 본연을 바라봤으면 그걸로 되었다. 내가 이곳에 온 이유는 잿빛 하늘과 잿빛 바다의 감상을 남기려던 게 아니다. 물길을 따라 파도 안에서 헤엄치는 어여쁜 인어의 움직임. 차가운 파도가 부딪치는 소리가 아니라 세세하고 세밀하게 움직이며 파도의 움직임을 저지하는 소리의 흔적이 제 귀에 들릴 때면 나는 멋대로 소리의 원인을 찾아 고개를 돌렸다.

　나타나는 생명의 모습에 나는 허망하게 바라보던 바다를 향해 밝게 웃었다. 곧이어 떨어지는 시선에 약간의 아쉬움을 담고서. 코델리아는 내 모습에 따라 웃다가 또 뒤에는 내 방향을 따라서 고개를 기울였다. 내 표정에 담긴 근심과 걱정을 읽은 탓이었다. 겉으로 드러나지 않으리라 생각했던 감정이 제멋대로 의견을 표명하는 것만큼 당황스럽지 않은 일이 없다. 나는 번쩍 고개를 들어 코델리아에게 원래 지어줬던 반가움을 담은 웃음꽃을 피웠다. 그러나 코델리아는 자신이 인식한 내 표정에 계속해서 의문을 남길 뿐이었다.

"무슨 일 있어?"

익숙하게 아무 일도 없다고 고개를 저으면 되는 일이었다. 그러나 내가 쉽게 대답하지 못했던 까닭은 내가 꺼내야 하는 이야기가 코델리아와 나에게 전부 영향을 미치는 일일 수도 있다는 점에서 문제였기 때문이었다. 우선 나는 그랬다. 여기 오기까지 한 생각만 봐도 그랬다. 코델리아의 생각까지 읽을 능력은 없기에 뭉뚱그려 떠올려 보면 어느 정도 그러지 않을까 하는 감이었다.

나는 대답의 방향성도 결정하지 못한 채 입을 벙긋거렸다. 그 뒤에 코델리아가 되묻지는 않았다. 대답을 결정하고 있는 내 눈동자의 흔들림이 코델리아와 몇 번 마주친 적이 있었다. 아마 그때 새삼 깨달았을지도. 좋은 일이라면 굳이 고민하면서 꺼낼 이유가 없으니 내가 꺼내고 싶은 말은 그리 좋지 못한 이야기임을 눈치챈 것 같았다. 코델리아는 일부러 내 눈동자를 따라 마주하다가도 내가 코델리아를 바라보는 순간만큼은 시선을 다른 곳에 두었다.

어영부영 결정을 내린 내가 온전히 코델리아의 시선을 맞받아치기 전까지 계속해서 그랬다.

"내가 학교를 가게 되거든. 그동안은 방학이라 상관하지 않고 올 수 있었던 건데, 개학을 하면 오던 시간에 학교에 있어야 하니까… 아무래도 너랑 만날 수 있는 시간이 많이 줄어들 것 같아."

아쉬워하는 감정을 일부러 어투에 담았다. 보고 싶지 않다든가 하는 이유에서 오지 않는 게 아니라 별다른 수가 없다는 뜻으로 전하고 싶었다.

학교를 가기 위해 출발하는 시간부터 하교 후 집에 오는 시간까지의 모든 하루가 코델리아를 보러오는 것에 쓰였던 방학은 끝내 마침표를 찍기 직전이었다. 다음의 방학은 몇 개월이나 지나서 눈이 내리는 겨울이 되어야 여름 방학과 똑같이 지낼 수 있을 텐데.

그사이의 시간이 너무나도 아까웠다. 어떻게 할 수 있는 방법은 없었다. 그러니 나는 한껏 아쉬움을 표현하며 코델리아와 헤어지고 싶지 않다는 표정을 보였다. 코델리아가 알아줬으면 했다.

내가 말을 꺼내고 코델리아는 한동안 반응이 없었다. 무어라 대답하지도 않았고, 그렇다고 어떤 웅얼거림도 들리지도 않았다. 코델리아의 얼굴이 보이지 않으니 어떤 얼굴을 하고 있는지 알고 싶으면서도 그 정적이 좋지는 않다는 사실을 깨달았다.

괜히 궁금해진 코델리아의 반응을 본다고 시선이 약간 위로 올라갔다. 내 눈에 담긴 코델리아의 표정이 그다지 좋지만은 않았다.

예상 밖이었다. 물론 매일 같이 만나는 상대와 놀 수 있는 시간이 줄어듦에 따라 아쉬움과 안타까움을 내비칠 수는 있겠지만 코델리아의 표정이 모난 돌처럼 딱딱하게 굳으리라고는 일절 생각해 본 적이 없기 때문이었다. 내가 본 코델리아는 항상 예쁜 웃음을 잃지 않고 진주의 빛을 닮은 언어의 눈부심에 나는 확연하게 드러나는 코델리아의 감정을 느낄 수 있었으나 지금은 어떤 생각을 하는지 예상조차 못 했다. 오히려 내 쪽에서 되려 무슨 일이냐고 물어야 할 것 같았다.

코델리아는 손을 뻗어 나를 잡았다. 그날처럼. 내가 바다에 빠져 죽음을 기다리고 있었던 그날의 모습을 모방하듯 코델리아는 내게 똑같은 힘을 실었다. 두 손을 맞잡은 손끝의 떨림은 분명 코델리아의 것이었다. 힘을 실어 잡은 덕분에 어느새 묻힌 잔떨림을 나는 아직도 기억하고 있었다. 이는 과거에 대한 괴로움일까, 현재 감정의 결말일까. 이름 없느니만 못한 병명에 관하여 묘사하기에 역부족이었다. 이런 상황에서도 또다시 격렬하게 뛰는 심장에 의문을 품기도 전에 나는 입을 열었다.
"무슨 일이야?"
 어쩐지 입을 열기 어려워 보였다. 코델리아가 심각하게 고민하고 있다는 사실이 표정에서 훤히 드러났다. 무엇을 저렇게 생각하고 있을까. 내가 이곳에 오지 못하게 되면 어떤 문제라도 있는 건 아닐까? 그렇다면 내게 미리 말해줬을 것을. 나는 코델리아의 걱정에 대한 시발점이 어디인지 몰랐다. 내가 질문하는 동안에도 코델리아의 표정은 돌아올 생각을 안 하더니 그대로 고개를 젓기만 했다. 그러고는 아래를 향한 고개가 다시는 위를 올려다보지 않을 것 같이 아주 오랫동안 숙였다. 살짝 드는 고개의 목적은 내 얼굴을 확인하기 위함이었을까.
 코델리아의 시선이 내게 닿지 않았다는 사실을 깨닫자 나는 기꺼이 코델리아에게서 눈을 뗐다. 온전하게 든 얼굴에도 눈은 나와 마주하지 못했다. 처음으로 코델리아의 눈동자가 자리를 잡지 못하고 흰자의 안에서 동공이 떨고 있는 걸 봤다.
 시선 처리가 부자연스럽게 허공을 향해 굴렀고 나는 어색한 듯 코델리아를 따라 같은 방향의 공허를 담았다가 다시 돌아왔다. 잡은 손의 온기만이 여전하게 느껴졌다. 아까보다 체온이 더 오른 것 같기도 했다. 따스하게 느껴지는 손바닥이 축축한 물기와 섞여 내 손등에 묻었지만 나는 계속해서 쭉 코델리아의 손을 잡고 있었다. 코델리아의 시선이 어떤 연유로 흔들리는지 알 수는 없어도 내가 해줄 수 있는 것이라고는 이렇게 손을 잡고 있을 수밖에 없으니. 내 쪽에서 코델리아가 다음 말을 꺼낼 때까지 한 치의 흔들림도 없이 손을 잡고 있었다. 손이 미끌거려도 망설임 없이 잡고 있던 건 나의 불안정했던 시기에 손을 내민 이가 코델리아였으니까. 똑같이 불안정하다면 나도 손을 잡아주겠노라고 다짐했다.

온기가 내 손에 넘어와 마치 하고 싶은 말을 대신해서 전해주는 기분을 받으면서도 코델리아에게서 직접 듣지 않으면 그건 확실하지 않은 답변들뿐이기에, 나는 한참 정적을 버티다 겨우 입을 열려고 노력하는 코델리아의 얼굴을 봤다.

"내가, 멀리 떠나버릴지도 몰라."

이해할 수 없는 문장이었다. 갑자기? 코델리아가 이런 말을 꺼내리라곤 생각한 적조차 없었기에 내게 준 답변이 충격으로 다가왔다. 잠깐의 시간 동안 볼 수 없다는 사실을 감내하고 꺼낸 이야기에 아쉬워하기도 잠깐 불난 집에 부채질하든, 기름을 더 붓든 이 상황에서는 내 기운이 화르륵 타오를지도 모른다고 생각했다. 불이 나 타오르는 중에 생긴 잿더미만이 결과적으로 남으면 나는 기어코 그를 따라 사라질 듯해서. 나는 애써 당황한 표정을 숨기며 물었다.

"언제부터? 어디로 가는 거야? 여기로 돌아올 수는… 없어?"

가능하면 얼마나 오랫동안 이곳을 떠나 있는지도 알고 싶었다. 그러나 코델리아는 왜인지 입을 열지 않았다. 꾹 닫힌 입이 처음으로 원망스러웠다. 대화가 오가지 않는 정적이 또 지속됐다. 코델리아와 나 사이에서 처음으로 느낀 불쾌한 정적이었다. 그렇다고 해서 내가 질문을 꺼내면 코델리아가 대답해 줄 것이라고 판단하지는 않았다. 코델리아의 표정이 나보다 좋지 않아 보여서.

어드메 여름의 끝자락.

살랑 부는 바람에 아침의 찝찝함은 온데간데없이 끝을 알리는 종소리처럼 울렸다. 적막을 깨는 생명의 목소리가 낮게 흔들렸다.

"미안, 할 일이 생각났어."

코델리아는 날 잡고 있던 손을 놓았다. 다사로웠다. 남아 있는 체온이 바다의 선선한 바람을 맞으면 금방 사라지겠거니 싶었다. 생각만 해도 아쉬워지는 건 어쩔 수 없었다.

"…먼저 들어가 볼게."

조금이라도 더 기분을 잃고 싶지 않아 어정쩡하게 펴져 있던 손을 꾸역꾸역 접었다가 피기를 반복했다. 이러면 가끔 손이 금세 따뜻해졌다가 급속도로 차가워졌던 걸 기억했다. 이어진 온기가 코델리아의 것이 아님을 깨닫더라도 나는 반복할 수밖에 없었다. 코델리아가 먼저 몸을 돌려 바다로 향하는 뒷모습을 멍하니 바라보고 나서도 내 손이 머금은 약간의 열기가 서서히 사라지고 있었다.

빠져나가는 게 느리도록 억지로 온 힘을 다해 주먹을 쥐고 있었음에도 불구하고 손이 원래의 온도를 되찾는 건 어려운 일이 아니었다. 더군다나 바닷바람이 매서울 정도로 강하게 불었다.

어김없이 이번에도 정해진 절차처럼 인체의 과학적 이론을 무시할 수 없게 됐다. 왜 꼭 인간의 몸은 원래의 열기를 되찾아 오는 성질이 있으며 외부와 내부의 온기를 비슷하게 바꾸도록 설계되어 있어 코델리아의 손에서 뻗어 나온 열감이 아니라 금세 떨어지고 만난 바다의 소금기인지. 나는 이해하지 못해 고개를 저었으나 그럼에도 점차 차가워지는 손끝에 양손을 맞잡고 가만히 저 먼 곳을 향해 시선을 두는 게 전부였다.

코델리아는 이미 사라지고 없었지만, 그 뒤에 남은 나의 자리와 상대의 빈자리를 번갈아 쳐다보면서 그 인어의 뒷모습이 무언가 숨기기에 급급했다는 점은 깨달을 수 있었다.

이유를 듣지도 않았으면서 어림짐작하는 버릇은 여태껏 고칠 생각도 안 했는지. 상대를 멋대로 재단하고 생각하는 습관이 좋지 않다는 건 알지만. 그런 표정과 이어진 행동에 의심과 의문을 품는 건 당연하지 않을까.

뒷모습에 마치 처음처럼 되돌아간 사이가 되기라도 한 듯 마음 한편이 울렁거렸다. 다음에 다시 만나면 무어라 입을 열어야 할지도 잘 모르겠고, 코델리아를 전과 같이 평범하고 자연스럽게 대할 수 있을지도 판단이 제대로 서지 않았다.

원상복구가 시급하다기보다는 그저 코델리아에게 이유를 듣고 내가 생각하는 걸 말해주는 쪽이 우선시되겠지만, 굳건하게 닫고 있던 입이라면 절대 열리지 않으리라고. 원래부터 대화가 부족하면 뭐든 일이 풀리지 않는다고 했는데, 그 상황이 나에게까지 영향을 미칠 것이라곤 떠올려 본 적도 없었다. 생각이 많고 말수가 적기는 해도 나는 고민만 했을 뿐 코델리아에게 전부를 말해줬다고 생각했는데. 코델리아는 내게 무엇을 숨기고 있을까. 설마, 라는 의심을 머릿속으로 떠올렸다. 그러나 그것만은 아니리라 부정했다.

괜히 어두운 하늘과 거센 바람에 안 좋은 예상만 펼쳐졌다. 표정이 나도 모르게 구겨졌다. 억지로 피려고 얼굴을 흔들어 봤자 되돌아오기는커녕 더 괴로워지기 마련이다.

나는 울렁거리는 가슴께를 주먹으로 두드리며 지금까지 떠올린 생각과 함께 씻겨나가기를 바랐다. 역한 바다 내음이다. 철썩거리는 파도의 흔적이 내 속까지 쓸어내리기는 역부족이었나 보다. 고꾸라질 뻔한 다리를 피고는 눈앞에 도달한 번쩍이는 바다의 빛깔을 마주했다.

저녁이 되기에는 한참 남은 시간. 노을이 지고 있지도 않고, 해가 보이지도 않고. 하늘에는 가득 낀 먹구름과 채도를 잃은 하늘의 빛이 가득했다. 그럼에도 바다는 자신의 반짝임을 잃지 않고 울렁이듯 흔들렸다. 그때와 같은 상황. 그러나 바다는 일절 자신의 색을 잃은 적이 없었다. 바다는 항상 투명한 색이었으므로. 내 세계의 바다는 여전했다. 바다가 그대로인데, 바다에 사는 너는 어째서 전과 다르게 변한 걸까.

***

흔들리는 바닷바람이 하늘의 먼지를 치워내기라도 할 듯 강하게 불었다. 바다를 향해서 흐르는 바람이 코델리아를 조금이라도 더 빠르게 멀어지게 만들고 있는 것만 같아서.

머리카락이 앞으로 뻗어나가는 것을 굳이 손으로 잡고 안개에 가려진 수평선을 바라보았다. 오늘은 그 맑던 수평선조차 보이지 않을 날씨였으나 우습게도 비가 내리지는 않아서, 내 무릎이 바닷물에 젖었다는 사실 외에는 꿉꿉하진 않았다. 그러나 주변의 공기가 물기를 삼켜 뱉어내는 와중에 나는 서서히 내가 서 있는 곳이 바닷속인지, 육지인지 잘 가늠이 되지 않을 때가 되었다.

내 다리는 이미 바다에 흠뻑 빠져버렸고, 바다의 주변 고기는 어김없이 짠 내가 나고 있어서. 이곳의 공기만은 바다와 유사한 특성을 가졌다.

습함에 숨이 막혀버릴 것같이 힘들어하지도 않았고 내 눈동자는 아직까지 아무런 문제 없이 무사했음에도 그랬다. 한번 숨을 빨아들이면 내 코를 통해서 액체인지 기체인지 모를 것들이 들어왔다.

금방이라도 녹아내릴 듯한 심장을 그러쥐고 파도가

정말 일정하게 움직이고 있는지를 면밀하게 살핀 후에야 나는 코델리아가 진정 바다로 돌아갔음을 깨달았다. 내가 바다로 들어간다고 해도 지금의 코델리아는 내가 있는 곳까지 헤엄쳐 오지 않을 테니까. 나는 어쩔 수 없이 발걸음을 돌렸다.

오늘은 유독 일찍 모래사장에서 나왔다. 시간을 확인할 수 있는 도구는 없었지만 예감상 그럴 수밖에 없는 상황이었다. 모래에 길을 내며 질질 끌려오는 우산이 돌에 걸려 덜그럭거렸다. 나는 그 때문에 또 바다를 돌아봤다. 당연히 코델리아는 그곳에 없었다.

우산을 들어 억지로 나선 모래사장에서 버스 정류장까지 가는 길의 발걸음은 물을 먹은 스펀지보다도 무거웠다. 똑같이 물에 들어갔다 나와도 물을 아주 많이 머금은 스펀지와 신발을 비교할 수 없다고 해도, 내 온몸이 마치 물을 머금은 스펀지처럼 변해서 다리를 움직일 때마다 물이 주르륵 흐르는 것 같았다. 바닥으로 떨어져 내가 걸어가는 길을 따라 흔적을 남기고 있었다.

버스 정류장에 도착해서 털썩 주저앉은 벤치가 가뜩이나 축축했다. 누가 물을 흘린 건 아닐 테고, 비를 가려줄 지붕은 없지만 비가 온 적도 없으니 아마 아직 바닷물이 다 마르지 않았던 게 분명했다. 멍한 표정으로 바다의 방향을 바라보고 있으면 금방 도착하는 버스의 앞문이 자연스럽게 열렸다.

  나는 버스에 탔다. 버스에 타서 교통카드를 찍고 버스의 중반부까지 걸어갔을 때쯤에야 내가 정류장에 우산을 두고 왔다는 걸 깨달았다.

  4천 원짜리 비닐우산. 이렇게 흘러가면 겨우 가지고 나온 우산은 쓸모없어진다.

  그저 짐일 뿐이라는 말이다. 그렇다고 소리를 질러서 우산을 가지고 올만큼 그 우산에 의미나 다른 애정이 있던 것도 아니고, 급하면 집에 뛰어가거나 편의점에 들어가서 새로운 우산을 사 오면 되는 것 아니겠는가. 가지고 나온 돈은 없으니 난 당연히 전자를 선택하겠지만. 별것도 아닌 생각을 하며 버스가 출발하기까지 바깥에 홀연히 놔둔 비닐우산이 바닥으로 뚝 떨어지는 모습을 봤다.

  점점 멀어지면서 우산은커녕 바다의 정류장까지 보이지 않게 될 때까지. 난 매번 앉던 자리에서 바깥을 빤히 쳐다보는 일을 했다.

  바깥의 기온을 고려하여 켜지지 않은 에어컨, 습한 공기를 버티지 못한 기사님이 꾹 닫아둔 버스 창문에 하는 수 없이 약하게 바람을 켰다. 머리 위에서 선선한 바람이 불어오는 걸 느꼈다.

 정수리 근처의 머리카락들이 바람에 흩날리는 건 신경 쓰지 않고 가만히 창문에 머리를 기대 눈을 감았다. 잘잘못을 상정하기는 이미 늦어버렸다. 생겨나지 않을 법했던 미래의 암울한 조각들이 퍼즐을 완성하듯 맞춰졌다. 생각하기도 싫어서 꺼내지 않았던 감정들. 내가 원래부터 가지고 있던 감각과 잊고 있었던 과거의 흔적. 내가 어떤 사람인지 다시금 깨닫게 해주는 계기가 이상한 이별의 시작 부분이라고 생각하니 우습기 짝이 없었다.

 완성되지 않은 이야기의 주인공이 아닌 내가 엑스트라로서 이곳에 남아 있을 수 있는 이유가 이해되지 않으면서도 나는 이곳이 현실이라는 자각을 버릴 수가 없어서. 꿈도 동화도 이야기도 아닌 나의 현실이기에 나는 여전히 살아 있었다. 숨을 쉬고 현실의 감각을 느끼며 이 무수한 습기에 잠식되어 죽어버릴 것 같아도 살아 있었다.

 버스가 정류장에 도착했다. 내리지 않을 것처럼 머뭇거리던 하늘이 내가 정류장에서 몇 발자국 앞으로 향하자 후두둑 비를 떨어뜨리기 시작했다. 하필 우산을 두고 오기로 한 시점에 이러는 건 뭐람.

나는 손에 있던 우산도 스스로 두고 왔다. 그러니 비를 피할 만한 물건도 장소도 없었고, 금방 내리기 시작한 비가 그칠 때까지 버스 정거장에서 가만히 앉아 기다릴 수도 없는 노릇이었다. 비가 내리는 하늘을 올려다보고 결국에는 집까지 걸어갔다. 폭우처럼 쏟아지고 있지도 않아 맞고 갈 만했다. 금세 젖는 머리카락과 옷자락은 신경 쓰지 않았다. 이미 한 번 젖었다가 말랐던 옷은 더욱더. 나머지는 집에 가서 씻으면 해결되는 일이었다. 지금은 이런 사소한 것들을 품을 때가 아니었다.

오늘처럼 버스를 타고 집에 돌아가는 중에 비가 하늘에서 내려도. 이 운명의 실타래마저 나에게 잔혹하게도 현실처럼 다가오는지라. 망설임에 눈을 깜빡이면 여전히 현실에 갇혀 있는 내 손끝 떨림이 느껴졌다. 헛된 기대를 품을 시기는 되돌아오지 않았다. 현실임을 몇 번이나 깨닫는 내가 영원토록 이곳을 꿈속이라 지칭하는 것과 같이.

괴성처럼 들리는 바다의 고해. 빗방울이 떨어지는 하늘 아래 파도는 어떠한 울음을 내뱉고 있을는지. 인간의 눈으로 심연을 들여다보기에는 손이 닿는 곳도, 시선 끝에 내려앉은 빛도, 가능을 묘사한 문제의 해결 방안도 없었다. 일절 불가능에 도달한 결과에 나는 그렇게나 흥미가 가득한 절벽 아래에 무엇이 있는지도 모르면서, 나는 고개를 뻗어 궁금증을 버리지 못하고 질문을 던지기 시작했다. 땅에 도달하기 전에 흩어져 사라질 목소리.

그곳에는 무엇이 있는 건지.

내가 어떻게 하면 되는 걸까.

되돌아오는 메아리에 허망한 공기를 들이마시고 고개를 든 순간에는 항상 별 볼 일 없는 햇살 정도가 내리쬐고 있을 뿐이었으므로. 자리에서 일어난 내가 해내고야 말 행동 따위의 결정을 나 스스로도 알지 못하였으니 나는 꾸역꾸역 앞으로 향하는 게 전부였다. 지금의 내가 집으로 돌아가는 행위 역시 비슷한 상황에 놓여 있음이 틀림없었다. 내 발걸음의 무게나, 생각의 아픔이나, 전부 거기서 거기인 비슷한 양상에서 비롯된 것들 아닌가.

바보 같다 뭐라 해도 할 말이 없다. 나도 알고 있었다. 고개를 끄덕일 수도 있었고, 응답을 표할 수도 있었고. 내 정신이 나갔다는 뜻이 아니라, 그만한 판단마저 할 수 있는 상태였음에도 불구하고 나의 선택은 길을 따라가지 않고 매번 아무도 개척하지 않은 풀숲을 헤집고 떠났다. 뒤좇는 주인의 고생은 진즉 고려하기를 포기한 채 날아가는 선택의 주도권을 따라서 도착한 길목은 결국 아무것도 남지 않은 바닷가.

  나는 또 그런 꿈을 꿨다. 메말라 버린 바닷가, 무언의 파도가 내리치는 주황빛의 바닷가.

  비를 쫄딱 맞고 돌아온 몸은 무거웠으나 꿈을 꾸고 일어난 방 안은 괴로울 정도로 꿉꿉해서 손목으로 눈을 찧듯이 비비고 깨어나, 내 이마에서 흐르는 물기가 아직 마르지 않은 머리카락 탓인지, 꿈에 대한 걱정에 생겨난 식은땀인지는 나조차도 판단하지 못했다.

  어떻게 되었냐고 묻기도 전에 나는 다시 눈을 감았다. 자고 일어나면 전부 꿈이었으면 좋겠다. 내일이 오지 않거나, 오늘이 꿈이거나, 아니면 이대로 영원한 잠에 드는 것도 나쁘지 않겠다는 식의 생각을 하며 다시 잠에 든 나의 밤은 생각보다도 고요했다. 소리를 집어삼킨 악몽보다도 적막한 환경의 검은색 바탕을 가진 꿈, 깨어나면 아무것도 기억에 남지 않은 불길한 구멍의 흔적.

  이제 더는 생각하기를 거부한 뇌의 작동이 멈췄다. 잠에 빠진 나는 기꺼이 제 꿈이 무색임을 체감하면서 다가올 하루하루에 숨을 들이켜기 바빴다. 아침 햇살이 눈부실 정도로 맑은 하늘 아래, 아직 방학이 며칠 남았다는 사실에 안도하기까지 했다.

방학이 끝난다는 전제하에 전했던 말이긴 하나 아직 섣불리 판단하기에는 일주일 정도 남은 여름 방학을 어떻게든 코델리아와 의미 있게 보내야만 했다. 일주일, 경험을 쌓기에는 짧고 추억을 만들기에는 충분한 시간이지 않은가. 어떻게 해야 한다는 의문점은 어제의 새벽에 남겨두고 나는 오늘마저 코델리아를 보러 바다로 달려갔다.

뻥 뚫린 도로 한가운데를 달리는 버스와 하늘을 나는 새. 새의 움직임을 시선에 담으며 나타나는 바다의 청량한 모습을 발견했다. 버스에서 내려, 정류장을 지나 코델리아가 있는 바다로 가는 길. 한 치의 변화도 없이 올곧게 뻗은 길에 어제만큼 발걸음이 무겁지만은 않았다. 달고 있는 추를 억지로 들어, 달리는 쪽에 속해 있었지만, 지금 그것까지 생각하기에는 내 머리의 총용량이 과부하가 뜰 정도로 부족해서 나는 이 이상의 생각을 멈추고 싶었다. 걱정을 덜어낸 것이 아니라, 점차 쌓이고 있는 고민과 암울에 그저 고개를 돌리고 있을 뿐이라고.

복잡해진 머릿속을 억지로 눌러내며 등장한 코델리아의 모습이 어제와는 사뭇 다른 분위기를 자아낸다는 사실을 깨달았다.

똑같은 감정을 느끼고 있는 걸까?

이야기를 나누는 동안에 어렴풋하게 느낀 위화감이 몸을 뒤덮을 때에도 나는 굳이 이 기분을 표명하고 싶지 않았다. 선이 길면 언젠가 끊기기 마련이라. 그렇게 길게 긋지도 않은 선을 고되게 자를 이유도 없지 않나 해서. 그럼에도 한껏 가라앉은 분위기의 대화가 오갔다. 헤어지는 인사를 하는 것에도 확실함은 없었다. 내일 또 만날 수 있으리라는 확신.

코델리아를 만나러 올 때마다 수없이 지나왔던 인사가 오늘은 또 달랐다. 손을 들고 양옆으로 흔들었다. 코델리아도 내게 손을 흔들어 줬다.

진즉 깨달았겠지. 아마 서로의 표정이 그리 좋지 못하다는 걸 포함해서. 돌아가는 길목의 해가 뉘엿뉘엿 지고 있는 게 눈에 보였다. 구름에 가려 진하진 않지만 흐릿한 구름 사이로 비치는 노을이 순식간에 고요한 분위기를 자아냈다.

만남이 있다면 이별이 있고, 이별이 있다면 새로운 출발이 있잖아. 왜 나는 그 말을 받아들이지 못하는 걸까. 영원한 만남이란 건 있을 수 없는 단어일까. 이별을 거부하는 게 온전한 사람의 욕심이라면 한 번쯤 부려도 괜찮을지 모르는 일이었다. 나는 당연히 이를 괜찮다 여길 테고. 괴로움을 더한 생각에 집에 도착하는 시간이 점점 늦어졌다.

　원래였다면 해가 완전히 지기 전에 들어왔을 터, 코델리아와 만날 시간이 얼마 남지 않았을 수도 있다는 사실에 괜히 두려워 처음에는 해가 다 지고 나서 집에 들어갔다. 시간이 좀 지난 이후에는 해가 지고 있어도 집으로 돌아간다는 생각은 잠깐 버려두기도 했다.

　해가 질 때 거리를 거닐면 해가 다 지고 나서야 집에 도착했다. 이런 식으로 조금 더 늘릴 수만 있다면 상관없었다.

　어느 순간부터 문에서 나는 기괴한 소리는 없어졌다. 아마 부모님이 고치셨거나 했겠지. 내가 무턱대고 나가는 탓에 속으로 시끄러워했을 수도 있고. 덕분에 내가 집에 일찍 들어오든 늦게 들어오든 부모님이 나를 더욱 신경 쓰지 않을 수 있게 됐다. 문을 고친 이유도 나를 신경 썼다기보다는 자신들이 소음에 신경이 쓰였기 때문일 것이니.

　방 침대에 누워서 천장을 바라봤다. 이제는 일주일도 채 남지 않았다. 눈을 감으면 또 시간은 멋대로 흘러갈 거고, 나는 그 사이에서 갈팡질팡하다가 이내 다 지나가 버린 시간 이후에 2학기 개학을 맞이할 게 분명했다.

　그런 이유에서 새벽에 코델리아를 무척이나 보러 가

고 싶다는 생각을 했을 때도 있었다. 그렇지만 약속한 시각이 아닐뿐더러, 새벽에 나오는 게 불편하지 않다는 보장이 없었다. 나도 그 시간에는 버스가 없으니 걸어 간다고 치면 훨씬 더 오래 걸리니까. 어느 쪽을 생각해도 불편함을 감수할 수밖에 없었다.

  이불을 머리끝까지 뒤집어썼다. 생각을 멈추지 못하는 이유가 이 드넓은 방 안에 놓여 있기 때문일 거라고 생각했다. 조금이라도 허용되는 범위를 줄이면, 좁은 이불 속에서 생각하는 가능치가 줄어들 것이라고. 그랬으면 좋겠다는 마음에 이불을 머리끝까지 덮었다. 두 눈을 꼭 감은 채 제발 내일이 오지 말아 달라는 소원과 함께 잠에 들었다. 눈을 감으면 들리는 바람 소리, 이불 속에서 색색대는 내 숨소리. 그리고 불편한 잠자리에도 단 한 번도 깨지 않고 잠에 빠진 정신. 깨어난 하루는 여전히도 이변 없이 다음 날이 되어 있었다.

넘실거리는 파도는
여전한 채

 다음 날, 그다음 날, 그 다음다음 날. 하루하루 지나가는 게 더욱 빨랐다. 개학을 며칠밖에 앞두지 않은 학생에게 이만큼 빨리 지나가는 시간도 없을 텐데, 나에게는 코델리아와 함께하지 못한다는 이유 탓에 더 빨리 시간이 흐른 게 없잖아 있다. 분명 그럴 것이었다.

 원래 여름의 해는 빨리 떠오르고 빠르게 진다고 하지만 여태껏 그렇게 느껴본 적 없는 일상에 갑작스럽게 이런 식의 변화는 너무 어색했다. 하루가 빠르게 시작한다는 말은 그만큼 하루가 빨리 끝난다는 소리기도 했다. 내가 얼마나 많은 시간 동안 하루를 보낼 수 있는지는, 이미 정해진 24시간 이내에서 변함없이 반복되리라고. 끝도 없이 떠오른 햇살에 무어라 말을 더할 만한 건 없었다. 나 홀로 하루가 12시간은 아닐지 생각한 적도 있었다.

  함께 있는 사람들의 시간이 나와 동화되어 흘러감을 깨닫고 나서야 내 시간도 똑같이 24시간이라고 받아들였다. 그렇다면 내 시간은 왜 이렇게 빨리 흘러가는 걸까. 다른 목적이 있는 것도 아닌데, 나는 단지 코델리아와 이야기할 수 있는 시간이 늘어났으면 좋겠다고 빌었던 것밖에 없었다.

  소원을 빌기만 했지 그만큼이나 이뤄준 적도 없었고. 내게 좋은 건 일절 넘겨주지 않았으면서 안 된다고 하면 그 이유를 찾고 싶은 건 당연한 성정 아닌가. 원하였고, 알고 싶었으나 인간으로 그 이유를 찾기에는, 더군다나 어린아이의 몸으로는 불가능했다.

  결국 할 수 있는 것이라고는 아침 해가 언제부터 뜨는지 밤을 꼴딱 새워 알아보는 방법 말고는 없었다.

  아침에 떠오른 햇살이 고작 오전 5시가 되었을 때쯤부터 바깥이 밝다고 느껴지다가 이내 몇 분 지나지 않으면 온전하게 화사하게 변한 아침의 새소리와 함께 하루가 시작됐다. 차마 내가 눈을 뜨기도 힘든 시간에 이미 하늘에는 해가 보였다. 창문으로 고개를 돌릴 때마다 겨울이었으면 아직 해가 뜨기 전일 시간에, 비슷하게 거리를 산책하는 사람들이 있었다. 반면에 지금은 해가 얼추 뜨기 전에 걸어 다니는 추세였다. 딱히 구경하려고 본 건 아니지만 거리와 맞닿아 있는 창문 틈새로 비쳐 보이기에 내가 한참 동안이나 그 풍경을 바라보고 있을 시점에 몇 번 본 게 전부. 그 모습을 보고 있으면 해가 중심으로 떠오르는 건 금방이다.

그러고 나면 잠에 들었다. 아주 잠깐이라도 눈을 붙여야만 코델리아를 만나러 가는 길은 물론이고, 코델리아와 이야기하면서 내 정신이 온전하게 나에게 붙어 있을 수 있을 테니까. 비몽사몽인 눈을 비비며 나는 얇은 여름 이불 속으로 몸을 구겨 넣었다. 그러고는 금방 곯아 떨어진 채로 코델리아를 보러 가기 전 몇 시간 동안 잠에 빠져 있었다. 부모님은 내가 밥을 챙겨 먹든, 자고 있든 크게 신경 쓰지 않으시는 분들이었기에.

한편으로는 이러한 무관심 덕분에 내가 원하는 대로 하고, 코델리아를 보러 가는 것도 매일이 될 수 있었다고 생각은 하지만. 그게 정녕 좋기만 한 결과인가? 의문을 품을 만했다.

눈을 뜬 뒤에는 항상 코델리아에게 갔다. 오늘도 똑같았다. 개학이 당장 내일이었다. 내일이면 코델리아와 약속한 시간에는 절대 올 수 없게 된다.

맨날 보던 시간에는 내가 학교에 있고, 해가 질락 말락 하는 오후 시간이 되어서야 아무도 몰래 바다에 와서 코델리아와 대화를 나누고, 저녁 시간이 다 가기 전에 집으로 돌아와야 하는, 말 그대로 코델리아와 함께 할 수 있는 시간이 평소보다 훨씬 줄어들 예정이었다. 그러다 보니 코델리아에게 가는 발걸음은 더는 가볍다고 말할 수 없을 정도였고, 나는 내 감정과 불안을 인정하기 직전까지 도달했다가 또 생각하기 버겁다는 이유로 놓았다.

바다에는 코델리아가 먼저 와 있었다. 화사한 모래사장의 반대편에, 넘실거리는 파도 안에서 나를 기다리고 있는 코델리아.

나는 조금 빠른 발걸음으로 코델리아 앞에 섰다. 발목이 파도에 젖고, 무릎 위를 아슬아슬하게 넘기지 않은 바다의 높이에서 마주 봤다. 코델리아의 시선이 나에게 닿았다. 나는 어림짐작할 수밖에 없었다. 코델리아의 눈동자에 무언가 서려 있다는 사실을 깨닫지 않았으면 좋았을 것을, 왜 하필이면 오늘 같은 날에 쉬이 알아차리고 마는 것이 코델리아의 생각일까.

나는 그날 이후로 코델리아를 만나러 올 때마다 코델리아가 언젠가 떠나게 되리라는 마지막 인사를 목전에

둔 채로 다녔다. 언제 코델리아가 내게 이별을 고해도 그렇게 충격받지 않을 수 있을 만큼 생각하면서 지냈다. 이별이 예견된 사이라면 그 정도는 준비해야 되는 것 같아서. 코델리아가 떠나기 전에 당장이라도 우리를 추억할 수 있는 수단이 필요할 것 같아 급하게 정한 것도 있었다.

정말 하나의 거짓말도 없이 그 당일부터 나는 손을 움직이지 않으면 안 될 것 같다는 강박이 생겼다. 일기, 악보, 책, 어디에라도 코델리아와의 추억을 남기고 싶다는 욕심 탓이었을 거다.

코델리아가 떠나야 한다고 말한 날 이후로 얼마 지나지 않은 밤에, 난 오늘도 내 방 안에 이상하게도 오랫동안 자리를 차지하고 있던 피아노 앞에 앉아 있었다.

건반 위에 올려뒀으나 움직이지 않아 차가워진 손끝이 떨리며 건반을 누르지 못하고 맴돌았다. 다름이 아니라, 코델리아를 위한 곡을 써보겠다고 했을 때였다. 그냥 그저 그렇게 넘긴 말이 아니라, 정말로 코델리아를 위해서 한 곡이라도 써야겠다고 생각했었다. 음악을 분위기를 기록하는데 최고의 방법이니까.

그러니 내 기분을 포함해 코델리아를 향한 음악을 지을 수 있으리라 생각했다. 크나큰 오산이었다.

코델리아가 내 안에서 아름답게 피어난 존재로 인식된 만큼, 마치 무언의 맹세처럼 내 작곡에 족쇄를 더했다. 어떤 음표도, 화음도, 코델리아의 존재감에는 미치지 못하는 아주 작은 것들. 그 시공간 속에서 함께 나눈 가느다란 숨결을 기억함에도 건반 하나하나에 부담을 느끼듯 심장이 조여왔다.

쉽게 아름다운 소리라고 인식했으나, 그 말이 내 안에서는 맹목적인 흉기처럼 날카로워질 뿐. 내 손끝에서 뻗어 나온 음이 코델리아의 목소리에 공명하지 못할 때마다, 나는 고개를 내리고 공허를 바라보다가, 피아노 페달에 다시금 발을 올리고서는… 건반에서 손을 뗐다.

코델리아의 곁에 있던 나날들—새벽까지 이어진 이야기의 잔향, 눈물처럼 맺혔던 웃음, 어슴푸레한 햇빛 아래 속삭였던 이야기—모두를 끌어모아 단 하나의 멜로디로 엮고 싶은 욕망. 음으로 기록하고 싶은 내 열망이 빈번히 허공에 흩어졌다.

작곡에 대한 고민은 날카로웠다. 나는 칸토의 마스터피스를 떠올렸다. 책에서 읽은 기억이 있다. 작곡이란 나뿐만이 아니라, 타인의 음악도 몇 번씩이나 들으며 감각을 알아가야 하므로.

라흐마니노프가 파가니니 주제에 의한 광시곡을 쓸

때 얼마나 고뇌했을까. 그는 연주자의 손이 내는 소리에 질려, 다시, 또다시 쓰고 지우기를 반복했다. 나도 비슷하고. 지금의 나는 멜로디의 첫 음을 쓸 때마다 마치 코델리아의 목소리를 연상하며, 이 피아노 소리가 코델리아의 목소리와 어울리는지, 독보적인지, 목소리를 끌어내리고 있지는 않을지 걱정했다. 나 같은 초보자에게 이 음표들이, 이 콤포지션들이 허락될까.

오선지 노트 위에 몇 번이고 그렸다 지운 연필 자국이 선명하게 남아, 이제는 지우개로 지워도 제대로 사라지지 않는 지경이었다. 피아노 위에 펼쳐진 악보는 이미 빽빽했다. A단조, 가끔 장조로 잠깐 맴돌다 무너지고, 리듬이 흐트러졌다.

코델리아를 위한 노래. 곡 내용을 떠올리지 못한 탓에 제목도 없었다. 코델리아의 이름 철자 하나를 틀릴까 두려워, 결국 악보 한편 좌측 위에 굳은 듯 뻣뻣하게 적힌 C 이후 적히다가 말았다.

어느 날에는 문득, 한밤중에 피아노 위에 핀 새로운 멜로디가 떠올랐다. 하지만 손이 제멋대로 움직이지 않았다. 이럴 때도 마음은 따라준 적이 없었다. 고뇌는커녕 생각이 났음에도 거절하는 습관. 나는 이 모든 행위가 코델리아라는 매개체에서 비롯된 파급력의 증거라는 걸 알았다. 코델리아의 미소, 목소리, 내 이야기를 품어주던 눈과 귀. 이것들에 대해 나는 음악으로 보답하고 싶었던 것일지도 모른다.

코델리아의 아름다움을 기록하고 싶다는 제 욕심과 더불어. 하지만 음악이 코델리아에게 닿지 못하면, 나는 무엇이 되겠는가.

내 앞에 놓인 악보 위로 한 줄 음표를 다시 그렸다. 그 음은 코델리아와 나, 두 목소리의 만남이기를 바랐다. 하지만 내 목소리는 자주 어긋나고, 음표는 서로 싸웠다. 그럴 때마다 나는 숨을 크게 들이마시고 코델리아가 내게 안겨주던 그 평온한 공기를 상상하며 코델리아가 보여줬던 그 믿음으로 안정되었다. 그래도 완성은 멀었다. 불완전한 아름다움처럼 실체 없이 흐르는 연기와 같이, 확실하지 않은 것보다 나는 드러난 것이 보고 싶었다.

코델리아에게 어울리는 노래를 만들고 싶었다. 하지만 나는 아직, 코델리아처럼 밝고 아름다운 선율을 낼 수 없는 것 같았다. 무용수의 몸짓을 마음에 그리며 곡을 쓴 쇼팽이, 그가 원하는 완벽한 표현에 도달하지 못하고 완성과 미완성의 경계에서 고독해진 것처럼, 나도 비슷한 경계 위에서 코델리아처럼 아름다운 노래를 쓰지 못하는 현실. 그것이 나를 수없이 깊은 밤의 어둠 속으로 끌어당겼다. 결국 연필을 내렸다. 코델리아에게 맞는 선율이 내게는 생겨나지 않을 것을 막 깨달은 참이었다.

내가 이 수많은 호들갑 내지는 필요 없는 행동을 반복한 이유는 이렇게라도 하지 않으면 내가 어떤 반응을 보일지 단 하나도 예상이 가지 않아서였다. 만반의 준비를 하지 않으면 내가 막상 그날이 왔을 때 속수무책으로 무너지는 모습을 보여주기 싫었다.

떠나야 한다면 내 눈을 직접 마주하고 이야기해 줘. 그렇게 속으로만 말했던 상황이 곧이어 닥칠 것만 같은 상황이 만들어지자 불어닥치는 불안감에 나는 일부러 코델리아의 시선을 피했다.

그동안에도 코델리아는 아무 말 없이 나를 바라보고 있을 뿐이었다. 꺼내고 싶은 말이 있어 옴짝달싹 못 하는 입술을 어떻게 하지도 못하고 그저 내가 시선을 피한 뒤에 똑같이 나에게서 눈동자를 굴렸다가, 다시 나를 향했다.

더는 무시할 수 없는 눈동자에 나는 침을 꿀꺽 삼켰다. 사람들은 긴장할 때마다 입속이 건조해진다는데, 나는 아니었다. 목이 타는 것 같은 기분에 억지로라도 침을 삼켜 그렇지 않게 만들어야 했다. 무슨 일 있냐고 먼저 말하고 싶은데. 쉽게 입이 떨어지지 않는 탓에 그저 코델리아가 먼저 입을 열어주기를 기다리는 수밖에 없었다.

괴롭힘 같은 적막이 계속됐다. 어느 쪽도 말하고 싶지 않은 현실. 바닷속이 괜스레 차가웠다. 오늘따라 수온이 차가운 건 내 체온이 오히려 올라갔기 때문일까.

나는 두 눈을 꾹 감고 코델리아에게 시선을 옮기려고 노력했다. 눈동자가 굴러가는 느낌이 눈꺼풀 안에서 온전하게 느껴졌다. 어쩔 수 없이 뜬 눈앞에 굳건하게 서 있는 코델리아를 무시할 수가 없어서 나는 기꺼이 시선을 맞춰댔다. 시선을 맞춘 후에 이어진 코델리아의 목소리가 낮게 울렸다.

이제 와서 할 말이 있다고 붙잡는 손목에 힘이 들어갔다. 이미 전부 눈치채고 있었음에도 나는 가만히 손목을 붙들린 채로 코델리아의 뒷말을 기다렸다. 또다시 알 수 없는 정적이 일렁거렸다. 바다의 포말이 넘치는 소리가 가득 주변을 메웠다. 이 정적의 의미를 알고 있다. 코델리아의 기분을 형용해 주는 적막.

내 기분과 비슷한 느낌의 묵직함이 코델리아까지 누르고 있는 게 틀림없었다. 그렇다고 해서 내가 이를 들어줄 여력이 되는 것도 아니매 나 또한 같은 무게에 짓눌려 있음을 코델리아도 알고 있기에 우리 둘은 그 정적을 감내하기만 했다.

깨져버린 고요에 코델리아가 꺼낸 말은 일절 내 예상을 빗나가지 않은 문장이었다.

"난 이제 떠나야 해."

언제, 어디로, 왜 가는지도 알려주지 않았던 통보. 떠날지도 모른다는 가정은 인제야 확신이 되어 이뤄졌다. 떠나는 이유가 무엇일까. 어떤 연유에서 그런 선택을 하기로 마음먹은 것일까. 코델리아를 이해하지 못하는 건 아니었으나 그럼에도 스스로 생각하기에 타당하지 않은 이유가 몇 가지 있을 수 있는 노릇 아닌가.

매일 코델리아를 보러 왔던 나에게 당연하게도 이런 대화는 만족스럽지 않았다. 코델리아가 예정을 입에 담았던 날부터 지금까지 전부 받아들일 수 있다고 다짐해 왔던 것과는 달리 내 마음은 이를 받아들이고 싶지 않았나 보다. 떨리는 손이 코델리아가 잡고 있어준 덕분에 움직임이 덜했다. 그렇다고 내 떨림이 멈췄다는 건 아니었다.

눈동자가 흔들리고, 코델리아를 바라보던 표정이 웃음과는 다르게 일그러졌다.

아마 코델리아는 내 표정을 직접적으로 보았을 테지

만, 나는 내 표정이 어떤 식으로 변해가고 있는지 알지 못했다. 그러한 이유로 나는 나 하나 간수하지 못할 정도였다. 분명 다짐했는데, 이러한 이별에 눈물을 흘리지 않기로. 예견된 이별에 우는 것이야말로 헤어짐을 감당하기 가장 어려운 감정이라고 했는데.

가슴이 저리고 아팠다.

헤어지기 싫어서 그저 입을 닫았다. 이는 어린아이의 어리광에 가까운 슬픔에서 비롯된 감정이었다.

말을 꺼내야 하지만 어째서인지 입 밖으로 말이 튀어나오지 않았다. 목구멍에서 막힌 목소리가 소리 내기를 거부하고 있기라도 한 듯. 꺼내면 꼭 온 사방이 막힌 공간에서 말을 하는 것처럼 먹먹하게 잠긴 목소리가 튀어나올 것이었다.

말을 하려고 하면 할수록 목소리에 안개가 끼는 것을 느꼈다. 나는 코델리아가 잡고 있던 손목을 놓도록 팔을 내빼고는 잠깐 아래로 툭 떨어트렸다가 다시 들어 코델리아의 손을 잡았다. 따스한 손길을 거부하지 않는 코델리아의 시선이 오롯이 나에게 놓일 때, 나는 눈물이 차오를 듯한 목소리를 삼켜내고 입을 열어야 했다.

어디로 가는지, 왜 가는지 알려주지 않을지도 모른다. 그럼에도 나는 오늘이 마지막이라는 사실에 다시금 질문하지 않을 수 없었다. 코델리아와 맞잡은 두 손에 힘을 실어 나는 억지로 울음이 섞이지 않은 말을 골라냈다. 그래야만 코델리아에게 말을 전할 수 있을 것 같았다. 조금이라도 실패하는 순간, 내게서 흘러나오는 건 내 목소리가 아니라 울음소리에 불과할 테니까.

나는 심호흡으로 숨을 가다듬었다. 그럼에도 내 심장 박동은 줄어들 생각이 없었다. 떨리는 두 손의 감각이 여전했다. 눈물이라도 흘릴 것 같은 기세에도 나는 내 감정을 억누르고 꺼낸 말을 코델리아에게 전했다.

"…어째서, 떠나는 거야?"

누가 봐도 금방 울 것 같은 목소리였다. 표정은 이미 좋지 않고, 목소리는 떨리고 있으니 코델리아도 아마 느꼈을 것이었다. 전과는 다른 목소리와 시선에 어린 물기에 제 감정의 깊이를 깨닫지 않고서는 나의 질문에 대답할 수 없음이 분명했다.

코델리아의 체온이 나에게로 넘어오는 순간마다 나는 코델리아의 손을 꽉 잡았다가 놓았다. 코델리아의 온기를 오랫동안 남기고 싶은 마음, 전과 같은 감정이었다. 나는 내 질문에 코델리아가 답해줄 때까지 기다리기로 했다. 이번의 대답마저 두루뭉술하다면 쉽게 포기할 수 있겠으나 그게 아니라면, 꼭 들어야 했다.

코넬리아가 어째서 떠나야만 하는지, 이유가 있기라도 한지. 그게 나에 관련된 이야기인지도. 코넬리아는 고민하는 듯 눈동자를 흔들다가 나를 마주했다. 차마 웃지 못하는 얼굴이 코넬리아도 똑같았다. 매번 미소를 띠고 있던 표정에 드리워진 그림자를 내가 알아보지 못할 리 없으니 아마 이는 확연한 어둠이라고. 나의 얼굴을 빤히 바라보던 코넬리아는 고개를 아래로 떨궜다가 올렸다.

"나는… 우리의 존재는 불행을 먹고 살아. 내가 태어날 수 있었던 건 네 불행 덕이었고, 그렇기에 내가 이렇게 자랄 수 있었어."

코넬리아가 숨을 들이마셨다. 아직 말이 끝나지 않은 듯 내 손을 붙잡은 힘이 불안정했다. 숨을 마시면 강해지고, 내뱉으면 약해지는 힘에도 나는 이를 신경 쓰기보다 코넬리아의 말과 목소리에 집중했다.

"너는 항상 불행에 잠겨 있었으니까 내가 태어나는 건 어려운 일도 아니었지."

코넬리아의 목소리가 끝으로 갈수록 줄어들었다. 웅얼거리는 끝의 목소리는 이내 들리지 않을 허공으로 흩어져 사라졌으나 우리는 여전히 서로를 바라보고 있었다.

코넬리아의 눈동자가 아래로 떨어졌다. 시선을 내려

어디에도 두지 않고 파도가 넘실거리는 하얀 포말을 따라서 움직이는 모습이 내 눈에 보였다. 나는 말을 꺼내기보다 코델리아의 감정이 파도보다 잠잠해질 때까지 기다렸다.

사실 까놓고 말하자면 내가 아직 입을 열 준비가 되지 않은 편에 가까웠다. 코델리아의 존재가 인어일 것이라고 짐작했던 결과와는 달리 보이는 것에서만 판단한 가정은 불가피하게도 틀린 결과를 내보일 수밖에 없었다. 당연하다는 듯 코델리아는 인어와는 거리가 먼 존재였고, 나는 그에 대해 아무런 말도, 반응도 하지 못했다. 코델리아가 나의 불행을 먹고 자란 존재라면, 내 불행은 언제부터 시작했던 걸까.

어째서 내가 바다에 빠지기로 마음먹은 그날에 코델리아는 내 앞에 나타난 걸까.

내가 불행해지기를 바랐다면 코델리아가 나에게 오는 일은 없어야 했다. 날 살려준 이후로 내가 죽지 못해 절망에 빠지기를 원했던 걸까.

여전히 살아 있는 내 두 손을 보면서, 언젠가 죽을 날만을 기다리고 그렇게 영원토록 목숨이 다할 때까지 살아 있기를 원했던 것이라면. 적어도 코델리아가 내 앞에 등장한 이래로 절대 일어날 리 없는 일이었다. 나에게 삶의 원동력이 된 건 코델리아의 등장이었으므로.

　코델리아를 두 눈으로 마주하기 직전까지, 그 인어의 존재를 내가 확신하기까지. 그 아름다운 보석 박힌 눈동자에 대한 호기심이 생겼을 때부터 불행은 잠깐 동안 뒷전이었다.

　마주한 코델리아의 모습은, 내 삶보다도 훨씬 값진 것이었기에, 그렇기에 살아가기로 했었다. 그러니 코델리아가 내 불행을 원했다면 그 이후에도 내게 모습을 드러내서는 안 되었을 터. 어쩌면 나는 코델리아의 첫 문장부터 믿지 않았을지도. 나의 불행을 원했다는 그 말. 나를 위해서—스스로를 위해서일 수도 있지만—세상에, 바다에 등장한 그 시기부터 코델리아와 나의 목적은 아주 뒤집혀 버렸다는 걸 나는 그저 무시할 수도 없이, 받아들인 사실로서 가만히 알아차리고 있어야만 했다.

　거절하지도, 거부하지도 못하는 문제. 해결될 리 없는 현실에서 우리는 지금까지 숨겨왔었다. 솔직히 물어보고 싶은 마음은 굴뚝같지만 아마 너는 대답해 주지 않겠지. 나에게 이별이 닥치기 전까지 숨겨왔던 의미도. 어쩔 수 없다는 말로 치부하기에는 우리의 이별이 그렇게나 안타깝지 않은 것도 아니고….

　세상이 잠시 멈춘 듯했다. 바람조차 조용히 나를 비

꺼가고 꿈틀거리는 풀잎 소리 하나 들리지 않는 고요한 세상. 오직 내 안에서 무너져 내리는 감정이 소용돌이처럼 돌다가 무겁게, 질질 끌리듯 시간을 끌어들이며 나를 붙들고 있었다.

심해에 얼마나 많은 생물이 제 모습을 하고 살아가는지 알지 못하는 것처럼, 코델리아의 존재도 그러한 종에 속해 있었다. 우리가 아는 심해어 따위의 물고기들은 인간이 관측 가능한 지점에서 살고 있는 생물이지, 코델리아와 같은 존재들이 사람들에게 전부를 드러내고 살기에는 그들과 우리가 공존하는 세상이 그리 좋다고도 말하지 못하게 되기에.

불안과 불행을 먹고 태어나는 존재―통칭 인어라고 한다―가 인간에게 보일 시 어떠한 파장을 불러일으킬지도 모르고. 세상에 아픔이 있다는 건, 우리의 삶이 행복만을 찾아 살아갈 수 없다는 뜻이기도 하고, 희망을 알지 못하는 이들에게는 썩은 동아줄 신세가 되는 건 똑같았다. 그러니까 한마디로, 불행은 나쁜 의미였다.

不幸. 모두가 알다시피 행복의 반대말은 불행이 아니던가. 내가 불행하지 않다고 생각해도, 나의 불행을 조금씩 먹고 태어난 존재들을 마주하면 정작 본인들은 자신이 가지고 있는 불행의 크기와 마주하게 된다. 아무렴, 어쩌면 코델리아는 내 불행이 나에게 어떤 의미를 안겨주는지 알기에 떠나려고 했을지도 모른다. 비극, 아무도 웃을 수 없는 극 중 마지막 결말.

비극으로 끝난다는 건, 슬픔을 안고 떠나야 한다는 말과 아무리 행복이 찾아오더라도 불운한 마음은 여태껏 사라지지 않으리라.

나는 그럼에도 불행을 가지고 살아갈 수 있다고 말했다. 코델리아 너에게, 내 불행은 너와 비교하기에 턱없이 작은 것들이라고. 나의 행복이 대체 얼마나 중요한 것인지 나는 너와의 경험을 매개체로써 서서히 알아가고 있었는데 완성되지도 못하고 전부 끊어진다니. 불공평했다.

너에게는 우리의 만남이 완성되어 끊긴 것처럼 보이지는 않을까, 그래서 떠나려고 하는 건 아닐까 걱정했던 시기도 있었다. 예를 들면 지금 같은 상황. 나만 아직 놓지 못하고 너는 이제껏 경험했던 모든 추억을 마무리 짓고 떠나려고 하는 것이라면 나에게 알려줬으면 했다. 네가 가진 이야기를 더 듣고 싶다.

파도가 출렁거리며 들리는 물소리가 퍽 감미로웠다. 이별을 연주하듯 흘러가는 바다가, 꼭 우리의 마지막을 실감시켜 주고 있는 것 같은 기분을 버릴 수 없었다.

마지막 연주. 내가 너에게 들려줄 수 있는 연주는 아름다운 피아노 소리가 아닌, 평생토록 들어왔을 하늘과 땅 사이 찰랑이는 바다의 소리를 끝으로. 나는 너에 관한 생각을 멈추지 않았다. 네 존재의 의의와 네 탄생의 의미와 나와 함께 있었던 너라는 생명의 기분까지.

코델리아가 이만큼이나 자랄 수 있었던 이유는, 내가 어릴 적부터 가지고 있던 절망의 크기 때문일지. 나는 일절 이해할 수 없는 존재의 의의를 가만히 생각하는 듯 한참 깊은 구렁텅이에 빠져서는 고요가 파도 소리마저 집어삼킬 때 정신을 차렸다. 코델리아가 무어라 이야기하고 싶은 것처럼 나에게 시선을 돌려놓고 있었기 때문이었다.

몇 번씩이나 마주하는 시선에 담긴 감정의 의미가 매번 달라졌다. 전까지는 슬픔이었다가, 지금에 와서는 꼭, 소중한 걸 보고 있는 듯이 나를 향하고 있는 눈동자가 흔들리다가 기어코 미소를 지었다. 눈이 휘게 접어 웃으면서 양 끝 입술이 잘게 떨리다가 풀어졌다.

"이제껏 네가 불행하기만 했으면 좋겠다고 생각했는데."

잡고 있던 손 중에 한쪽을 빼내어 나에게로 뻗었다. 코델리아가 내 뺨을 쓸었다. 광대뼈에 손가락 끝이 놓였다가 아래로 주르륵, 내리면서 쓸었다.

손길이 워낙 따스하고 가벼워서 나는 코델리아의 손을 잡을 수도 없이 손이 떨어지는 방향을 따라 눈동자를 옮기고 아래로 뚝, 떨어졌을 때는 다시금 코델리아를 바라봤다. 코델리아의 얼굴에 수많은 감정이 섞여 있었다. 웃음을 짓다가도 곧이어 울 것만 같은 표정을 하고는, 눈물에 앞이 흐릿해지면 두 눈을 꼭 감아서 아무렇지 않은 척을 했다.

"막상 네 옆에 있으면서 네가 좀 더 행복해졌으면 좋겠다고 바라고 있는 나를 발견하게 되더라, 참 이기적이지."

이기심. 현존하는 이기심 중에 가장 욕심이 적은 것이 아닌가. 이것을 이기심이라고 부를 수나 있는 걸까. 본능적으로 내 불행을 먹고 태어난 존재라면 내가 불행하기를 바라는 건 당연한 이치일 터. 그러나 그 이후 내게서 행복을 찾기를 바란다는 뜻은 어쩌면, 스스로의 본능을 뛰어넘은 형질의 탄생이었을 테다.

나는 그런 것까지 바라지 않았다. 이러한 행복을 찾을 이유가 없을뿐더러, 나는 이와는 다른 내 딴의 의미에서 태어난 행복을 찾고 싶어 온 것이었다. 내가, 내가 또 다른 선택을 하게 된다면? 그러면 코델리아와의 이별의 아픔이 조금은 덜할까? 코델리아가 나를 떠나는 시기가 조금 더 늦어지거나, 아니면 영영 떠나지 않을 수만 있다면? 그렇게 되면 전부 해결되는 일이잖아.

코델리아도 떠나지 않을 수 있고, 나는 코델리아의 옆에 있을 수 있고. 헤어짐 따위 없는 영원한 만남에서 코델리아가 있는 바다에 다시 돌아오는 일. 그것이 내가 바라고 있는 소망이 아닐까, 하는 생각이 들었다.

어쩌면, 아니. 코델리아는 아마 내가 이런 생각만을 지속할 뿐, 정녕 그러지 못할 것을 알고 있을 게 분명했다. 내가 아무리 이기적인 생각을 하더라도 코델리아의 선택을 무시하지는 못한다는 뜻으로, 코델리아는 나를 알고 있으니까. 태어나는 순간부터 지금까지 나와 연결되어 있었으니. 떠난다는 이유도 그러한 탓에 내게 말해줬을 게 틀림없지.

내 불행이 더는 네 앞을 만들어 내지 못한다면, 내가 행복을 찾지 않으면 되는 이유가 아닌가. 내 불행을 먹고 태어난 존재에게 내 불행의 의미가 그 정도로 거대하다면 나는 내 행복을 영위할 생각이 없었다.

코델리아가 바라는 나의 행복이 어디서 어떻게 비롯되는지, 나는 이제 무시하려야 무시할 수 없는 지경까지 이르렀다. 코델리아와 함께 있는 시간이 행복한 것이지, 헤어짐을 원한 적은 없다. 그렇다는 건 코델리아의 흔적이 사라지는 순간 내가 어떻게 변할지는 아무도 모른다는 뜻이었다.

그럼에도 코델리아는 내게 이별을 고했다. 내 불행보다는 행복을 바라고, 내가 조금 더 나 자신을 위해 살아주기를 바란다는 이유로 코델리아는 내 뺨을 쓸어내리며 말했다.

역시 나는 코델리아의 말을 거절할 수가 없었다.

그래도 내 의지로, 내가 원하는 만큼은, 아주 조금은 거부해도 괜찮지 않을까. 어떠한 말도 내뱉지 못하고 수용하기만 하는 건 도저히 이 이별에 들어맞지 않은 내 반응이었다. 정해진 운명의 틈을 비집고 나는 이미 정해진 답을 예상하면서도 묻기를 선택했다.

"내가 평생을 불행하게 살게. 내 행복은 필요 없으니까, 영원히 불행한 채로 살아갈게… 그러니까 제발 떠나지 않으면 안 될까?"

부탁이야, 제발. 양손으로 코델리아의 손 하나를 꽉 쥐었다. 떨리는 내 목소리가 너에게 제대로 전달되었을까 하는 불안감도 있었다. 내 표정에 훤히 드러날 것이니 들키고 자시고, 숨긴다는 말은 의미를 잃었다. 눈물을 머금은 먹먹한 목소리. 난 숨길 생각도 없으니, 너에게는 전부 보여졌겠지.

오히려 네가 눈치채 줬으면 좋겠다고 생각했다. 부탁

하다 보면 네가 떠나지 않을 방법이 새롭게 떠오를지도 모르고, 꼭 떠나야만 한다는 선택지를 누를 필요도 없지 않은가. 코델리아의 얼굴을 바라볼 새도 없이 코델리아는 내게서 시선을 떨어뜨렸다. 나와 눈을 마주하는 게 아마 코델리아가 건넨 답이자, 내가 지금 이해하고 있는 의미의 완전체일 테지.

나는 그에 대해서도 아무런 말을 하지 못했다. 입을 달싹이지도 못했다. 무언가 말을 하고 싶었으나 그 말이 네가 원하는 대답이 아닐 것만 같아서. 네가 나에게 보여주고 있는 이 태도처럼.

"그건 너를 갉아먹기만 할 뿐이야. 그런 짓은 하지 말아줬으면 좋겠어. 해민, 너는 행복해져도 되는 사람임을 잊지 말아줘."

아, 완벽한 거절이었다. 예상과 하나도 다르지 않은 너의 대답이었다. 나를 위한 말이 나에게는 비수처럼 날아왔으나 나는 그에 대해 고개를 젓지도, 긍정하지도 못한 채 받아들이는 수밖에 없었다. 코델리아. 나는 어떻게 하면 되는 걸까. 네가 나를 떠나고 나서도, 내가 행복해질 수 있는 걸까. 나는 이제껏 내 행복이 어디에서 나왔는지 알지 못하는데, 내가 나의 행복을 영위할 만큼 성숙해질 수 있는 걸까.

나는 이해할 수 없다.

코델리아가 없어진 이후는 생각해 본 적도 없으니까. 우리의 이별이 영원한 것이라고 하면, 어째서 너는 나를 만나러 왔는지 물어보고 싶었다. 내가 불행하길 원했다면 나를 살려서는 안 되는 일이었잖아. 어째서 나를 살리고, 내가 행복해지기를 바랄 때까지 나의 옆에 있었던 거야. 나는 고개를 저었다. 내가 코델리아를 보고 구원과 비슷한 감각을 느꼈던 건, 코델리아도 분명히 똑같이 느끼고 있었을 텐데.

이렇게 생각해 봐도 꿰뚫지 못하는 너는 내 마음을 전부 알지는 않을 테고, 나도 그저 내 속에 꼭꼭 숨겨둔 채 내 표정에만 드러나는 나의 감정을 읽어낼 너를 알 뿐이었다. 어쩔 도리가 없었다. 코델리아는 내가 잡고 있던 손에서 자기 손을 빼냈다. 온기가 사라진 내 손이 허망한 공간에 동떨어져 있는 듯했다.

울고 싶지 않았다. 울지 않기로 나와 약속했었다. 눈앞이 흐려지는 까닭은 눈에 먼지가 들어갔기 때문이라고 나를 향해 변명하고 있었다. 그럼에도 인간은 속수무책으로 자신의 감정에 당하고 만다.

감정을 컨트롤한다는 이야기 따위 믿어서는 안 됐다. 눈물샘이 막힌 적도 없는데, 어찌 눈물을 흘리지 않을 수가 있으랴. 나는 평생 이별 탓에 이런 식으로 눈물을 보일 것이라고는 채 생각해 보지 못했다. 목구멍까지 가득 찬 물기 어린 숨소리가 곧이어 새어 나올 것 같았다.

눈물은 여전히 눈가에 고여 있었으나 아직 얼굴을 따라 흘러내리지 않았다. 꾸역꾸역 참고 있었다. 내가 지금 울어버리면 분명 코델리아도 슬퍼하겠지. 우리의 이별은 안타까운 비극의 한 장면이지만, 서로의 행복을 위한 것임을 알아서.

나는 코델리아 앞에서 웃어주고 싶었다. 더는 슬퍼한다거나 우는 얼굴로 코델리아를 마주하지 않을 테다. 그렇게 약속했는데, 어제까지도 그렇게 생각하면서 코델리아를 보러 왔는데. 제 다짐이 무색하게 무너져 내리는 순간이었다. 한낱 다짐뿐인 말. 아무것도 지켜지지 않고, 오히려 네 앞에서 내가 더 슬퍼하는 얼굴을 보여주면 너는 더욱 떠나기를 망설이겠지. 붙잡고 싶은 마음이 컸다.

아직도 포기하지 못했다. 사람이 그렇게 쉽게 포기할 수 있으면 욕심이란 말이 왜 있고, 욕망 탓에 일어난 일들은 또 어떻게 설명할 텐가. 나도 똑같은 사람에 불과했다. 헤어지고 싶지 않은 욕심. 나를 망가뜨리더라도 영원할 수만 있다면.

내가 좋아했던 영원이란 단어를, 너를 만나서 내 영원이 실현될 수 있으리라 믿어 의심치 않았던 세계는 오늘 금이 가기 시작했다. 왜 영원했으면 좋겠는 것들은 그럴 수 없는 건지. 의미를 깨닫기 전에 사라지고 있는 것들에 어떤 표정을 지어야 할까.

이미 거절의 대답을 들었으니 이따위의 불안한 생각들은 숨겨두는 수밖에 없었다. 코델리아의 대답과 내가 이후에 취해야 하는 행동들. 여태 하지 않으리라고 생각했던 전부를 오늘에서야 행하고, 그렇게 끝이 나면 우리는 결국 어떤 결말이 쓰인 채 책을 덮을까. 그 결과가 어떻게 되든 간에 우리의 이별이 조금 더 아름다워질 수 있는 걸까?

네가 조금 더 자유로워질 수 있도록, 이별을 맞이한 너와 나를 위해 울지 않아야, 그래야….

아까까지 따뜻했던 햇살도, 고요히 떠 있는 하늘도, 그 모든 것들이 낯설게 변해 있었다. 한참을 서 있었는데, 언제부터 내 다리 위로 피로가 쌓였을지도 모르겠다. 기어코 숨을 쉬는 것이 힘겹다고 느껴지기까지 했다. 숨이 멎을 듯이 무겁고 얇은 유리잔 조각이 박힌 것처럼 아팠으며, 사실상 아무런 상처도 없다는 걸 알아도 심리적인 작용은 역시 어쩔 수 없었다. 가슴 깊숙한

곳에서부터 올라오는 감정이 목 끝까지 차올랐다. 흐르려고 하는 눈물을 겨우 손등으로 닦아내고 아무렇지 않은 척했다.

눈꺼풀 아래에 살짝 맺힌 눈물이 무거워져 바다로 떨어지기 전에. 그러나 고작 한두 방울 눈물을 흘리고 끝날 인연이 아니다. 여름 방학 동안 우리는 계속해서 함께 있었으니까.

고작 30일 남짓한 여름 방학에 만난 짧은 인연을 가지고 뭐라 하는 게 아니다. 그 순간순간마다 우리가 했던 모든 기억이 단지 추억으로 남아, 과거를 회상할 시절 꺼내는 이야기 정도로 남는 것이 싫었다.

깊은 인연을 만들지 않았더라면 이런 이별을 감내하지 않아도 됐을 테지. 이러고 있을 필요도 없겠다. 그렇지만 우리는 아니잖아. 잠깐 만나고 헤어질 인연이 아니라, 적어도 우리가 어떻게 만남을 시작했을지 알면 가볍다고도 말하지 못할 터. 생각하니까 다시 눈물이 차오르는 듯했다. 도리어 참을 새도 없이 왈칵 눈물이 쏟아져 나오는 줄 알았다.

방금 닦아낸 눈매는 아직 덜 마른 눈물로 촉촉했다. 이번에도 바다로 돌아가기 전에 눈물을 닦고 싶었으나 하필 좀 전보다 많은 눈물이 눈가에 맺힌 탓에 더는 그

안에 고여 있기만 할 수 없던 눈물이 볼을 타고 흘러내리는 걸 느꼈다.

생물학적인 반응처럼 감정과 무관하게 흘러나온 게 아니라, 내 감정을 오롯이 알고 있는 나에게 지금 가장 커다랗게 다가온 아픔이었다. 나도 모르게 입술이 떨렸다. 아래턱이 가늘게 흔들리고, 어깨가 들썩였다.

눈에서 수분이 빠져나가는 온기. 심히 따스하고, 그만큼 참고 있던 눈물이 한꺼번에 터져 나오듯 나는 더 이상 슬픔을 참지 않았다. 흐르는 눈물을 옷소매로 닦는 것도 역부족이었다. 나는 일부러 소리를 삼키고 파도가 내 울음까지 전부 가져가서, 언젠가는 그칠 눈물에 훌쩍거리기 바빴다.

줄어들기는커녕 눈물은 점점 많이, 빠르게 떨어졌다. 하나, 둘, 셋. 어느 순간에는 셈조차 포기했다. 한 방울씩 세고 있다가는 네가 떠나버릴 것 같아서. 내 눈물을 전부 세기에는 내 슬픔만큼 숫자로 표현할 길이 없어서. 뺨은 이미 물에 빠진 듯 흠뻑 젖어 있었고, 입꼬리까지 흘러내린 눈물이 미간을 따라 코끝으로 모였다. 세상의 모든 무게가 나의 눈꺼풀에 쏟아진 듯 무겁고 아팠다.

울음 때문에 숨을 먹듯 마셨다. 말로 형용할 수 없는 슬픔. 어린아이에게 이별이란 한낱 기억으로 치부할 수 있는 게 아니라서. 이별을 오랫동안 겪어보지 못한 이에게는 처음처럼 느껴질 수도 있고, 몇 번의 이별에도 여전히 슬퍼하는 이가 있다면 이별이란 건 정녕 헤어짐만을 의미하는 게 아니라는 뜻이었다. 이별이란 한 가지의 단어로 설명되지 않는 것처럼.

코델리아는 한참 동안이나 내가 우는 모습을 바라봤다. 내 눈물이 뺨을 타고 흘러내리고, 눈물 탓에 제대로 눈을 뜨고 있지도 못하면서 코델리아가 빼낸 손의 손가락 하나를 꼭 잡고 있는 모습이 너에게는 어떻게 보였을까.

내 눈물이 다 마르기도 전에 너는 떠날까. 헤어지기 싫다고 울고 있어봤자 해결되는 건 없다지만, 이는 내 감정에서 비롯된 현상이 아니던가. 그러니 아주 잠시 동안만이라도 네 곁에서 내 감정을 전부 쏟아내고 싶어졌다.

슬픔에도 울지 않으려고 노력하는 게 아니라, 내 진실된 모습까지 보여주고 난 이후에 생각하려 했다. 아직 슬픔에서 헤어 나오지 못한 나에게 코델리아는 떠나려던 몸을 돌리지도 못한 채 시선은 내 얼굴에 두고 느리게 눈을 두 번 깜빡였다. 차분하고 익숙한 목소리, 내가 코델리아의 노랫소리를 들었을 때와 똑같은 아름다운 목소리로 코델리아는 말을 덧붙였다.

"인간은 다시는 만나지 못한다거나, 찾지 못한다거나, 없을 걸 알아도 그 순간의 기억으로 살아가는 생명체잖아."

조곤조곤, 코델리아의 목소리가 낮게 깔렸다.

"너도 인간이니, 앞으로 삶이 버거워지면 언제든지 나와 함께했던 이 기억으로 도망쳐도 돼. 나는 항상 같은 온도, 같은 날씨, 같은 시간에, 너와 처음으로 만났던 그곳에 있을 테니까."

내가 잡고 있던 손 위로 코델리아의 손이 쌓이듯 덮어졌다.

따뜻하고 부드럽고, 다정하며

떨리고 있는 네 손끝이 느껴지는….

"죽지 말아줘. 행복하게 지내줘. 너는 그래도 괜찮은 사람이야."

그 말이 나를 더 아프게 만들었다. 널 위해서 내가 할 줄 아는 건 아무것도 없는데, 나는 이 세상에서 단 한 번도 인정받은 적이 없는데 내가 대체 어디가 괜찮은 사람이라는 건지. 솔직하게 나는 하나도 모르겠다. 몇 번이고 나에게 합리화하고 네 선택을 존중하려 해봐도 네가 건넨 것들은 도저히 말뜻을 이해하기 어려웠다.

내가 그만큼 사랑받을 자격이 있다고 생각해? 나는

모르겠어. 너와 헤어져야 한다면 그래, 이별은 언젠가 인간에게 올 수밖에 없는 필연적인 운명이니까 받아들인다고 쳐.

그렇다면 그 이유는 너무 가혹하지 않아?

코델리아의 말에 고개를 젓고 싶었다. 절대로 그러지 못할 것이라고. 지금까지 말했던 것처럼 내 행복은 코델리아, 네가 만들어 준 것이니 네가 없으면 아무런 소용이 없다고 말해줘야 했다. 너는 내 말을 들어도 같은 말만 반복할 것을 안다. 그렇다고 해도, 나는 여전히 인정하지 못했다.

왜? 수많은 의문이 다시금 머릿속에서 뒤엉켰다. 꼭 자신에게 합리적이지 않은 말을 받아들이기에 시간이 걸리는 사람들이 있다. 그중 포함된 적은 없지만 이번만큼은 비슷한 결로 변해서 물어봐야 했다. 내가 받아들이지 못했다는 결과. 여태 네 이별을 염두에 두고 있었으나 그러한 이유 탓이라면 어떤 이가 소중하다고 생각하는 상대를 그런 식으로 놓아줄 수 있겠느냐고.

뇌가 감정에 잡아먹힌 것 같았다. 분노가 스멀스멀 올라왔다. 무엇 때문에 생겨난 화인가 하면, 이는 나라는 존재에 대한 자괴감에서 태어난 분노였다.

잡을 방도는 없으면서 눈물이나 흘리고 있고. 내가 코

델리아에게 대체 어떤 것을 해줬는지 모르겠다. 기타의 줄이 늘어난 것처럼, 피아노가 잘못 조율된 것처럼, 현악기의 현이 끊어진 것처럼. 어디 하나 맞는 음이 없었다. 불협화음이 된 감정의 높낮이가 자기들 알아서 심해졌다가 낮아졌다가, 또 괜찮아질 것 같으면 눈물이 흐르고 그랬다. 비정상적인 작동에 나는 어쩔 줄 모르고 엉엉 울기를 반복했다.

눈물을 참는 법을 잊어버렸다. 내가 울지 않는다고 해서 해결되는 일이 없으니 울어서라도 전부 쏟아내자. 딱히 그런 다짐은 한 적 없다.

그냥, 이것마저도 합리화였다. 지독한 자기 합리화. 이렇게라도 해야 나아질 것 같다는 불완전한 가정과 그 속에 있는 내 아픔이 무력하게 무너지는 순간이었다.

코델리아는 이렇게 헤어지는 게 괜찮다고 생각이 들어서 나에게 통보한 걸까. 다 말하고 떠날 것이라면 왜 이제 와서 말을 꺼낸 건지도 모르겠다. 코델리아의 생각이 궁금했다. 나를 위로하는 말들이 아니라 코델리아 자기 자신을 향한 말들이. 누군가를 지칭하고 있는 게 아니고, 너에 대해서 더 알고 싶었다. 그러나 눈물로 하얗게 변한 앞을 닦아내기에는 부족했다.

눈물이 그치기에는 한참 남아서. 내가 가지고 있는 수

분을 전부 사용하여 눈물로 변환하고 있는 건 아닌지 의심될 지경이었다. 그게 아니고서는 이 정도로 울고 있을 리가 없었다.

언제까지고 울음을 터뜨릴 수도 없는 노릇이니 나는 억지로라도 숨을 삼키면서 떨어뜨린 고개를 들었다. 들려고 노력은 했었다. 진정되지 않은 숨이 울음과 섞여 무의식적으로 흐느끼는 소리를 내고, 입을 열기도 전에 내 목에서 분명 다른 소리가 튀어나올 것 같아 금세 입을 틀어막는 것 말고는 할 수 있는 게 없었다.

코델리아는 여전히 손을 빼지 않은 채 내가 자신의 말에 대답해 줄 때까지 기다리고 있었다. 코델리아가 원하는 대답이라. 내가 행복해지기를 바란다고 했으니 나는 끄덕여야겠지만.

아까도 말했지 않은가. 나는 그럴 수 없다고.

거짓말이라도 네게 행복해지겠다고 약속해서, 언젠가 다시 나를 만나게 됐을 때, 아니면 네가 나를 몰래 보러 왔을 때라도 내가 그렇게 살고 있지 못하는 모습을 보여 준다면 네가 얼마나 실망할지 감도 오지 않았다. 다 진정하고 말해야 했다. 눈물을 멈추지 못하더라도 내 목소리가 너에게 똑바로 들릴 때까지 나는 숨을 집어삼키며 눈물을 아래로 몇 번씩이나 떨어뜨리려고 눈을 깜빡였다.

닦아내도 여전히 송골송골 맺혀 있는 눈물까지는 어떻게 하지 못한 채 좀 전과는 다르게 돌아온 숨을 마시고 내쉬기를 몇 번 하다가, 울음을 머금은 목소리를 내뱉었다. 울렁거리는, 꼭 물속에 있는 것만 같은 내 목소리가 귀에 선명하게도 들렸다.

"…나에게 이렇게나 관심을 준 존재는 네가 처음이었어."

파도가 매섭게 쳤다. 목소리를 덮으려는 듯. 그러나 나는 그에 굴하지 않고 계속해서 말을 이었다.

"그러니까 나는 상관없어. 네가 내 불행을 먹고 사는 존재여도 상관할 바 아니란 말이야. 나는 네가 없으면 안 돼, 코델리아. 제발… 부탁이야."

세상이 무너져 내리는 느낌이었다. 내가 꿈속에서 봤던 것처럼. 해변가를 포함한 온 세상이 사라지듯 무너지고 점점 암흑밖에 남지 않았다가 결국 내 눈에는 그 무엇도 보이지 않을 지경까지.

어쩌면 그 꿈이 단순한 꿈으로 치부될 게 아니라, 예지몽 같은 것이었다면 어떡하지.

꿈에서도 피아노 연주와 함께 들리던 코델리아의 목소리가 세상이 붕괴함과 동시에 점차 멀어지고 있었다. 그것처럼 코델리아는 내게서 더욱 멀어져서 더는 보이지 않을 때까지 사라지고 말 테다.

 꿈은 현실과 반대라고 하지 않던가. 나는 그 말을 믿었다. 굳게 믿을 수밖에 없었다. 현실과 꿈이 이어져 있다면 나의 세상과 코델리아가 전부 사라진다는 게 기정사실이 되니까. 내가 사실로 받아들일 수 있느냐 마느냐의 문제가 아니라, 오롯이 꿈이 현실이 된다는 현상 자체가 싫었다. 내가 무력하게 그 모습을 바라봐야만 하는 건가?

 나는 코델리아에게 몇 번이고 간청했다. 떠나지 않으면 안 되겠느냐고. 꿈과 같아지는 현실을 나는 받아들일 수가 없노라고. 그날의 악몽처럼 변하는 내 삶을 어떤 식으로 대해야 행복을 만끽할 수 있어? 나는 여전히 가지고 있는 의문점을 풀어내지 못했다.

 생각해 본 적도 없고 막상 닥치니 혼란스러움만 가중되는 신세에 내가 어떻게 그런 걸 생각할 여유까지 가지라니. 말도 안 되는 소리지. 코델리아의 말을 곱씹어봤자 해결되는 건 없겠지만서도 또다시 내 머릿속에는 남겨진 단어들이 떠다녔다. 내 의지와는 상관없이 한참을 사라지지 않을 그런 말들.

 행복을 찾는 방법이라. 나는 아직도 모르겠다. 난 아

무엇도 받아들이지 못했고, 방식도 찾지 못한 나인데. 내가 얼마나 더 노력해야 되는지도 모르는데, 코델리아가 없는 세계에서 행복의 의미를 찾을 수 있느냐 하여. 나는 저절로 고개를 숙였다.

  행복, 내가 행복할 수 있을까.

  아, 하고 작은 단말마를 뱉었다. 행복하긴 했지. 코델리아와 함께 있는 매 순간은 행복 그 자체였다. 매일 아침, 잠에서 깬 햇살이 그렇게 따스한 줄 몰랐고, 자기 직전마다 새벽이 두렵지 않았다. 달빛이 유난히 밝게 비추는 창가였다.

  코델리아가 사는 바다는 푸르른 하늘을 따라 똑같은 색을 띠고 있었다. 맑고 상쾌한 느낌이 드는 파도의 소리. 새들의 지저귐이 소음이 아니라 화음으로 들렸다. 그 이후에 맞이한 세상이 평생토록 마주했던 세계와는 다르게 보였다. 흑색이었던 세상이 무엇보다도 다채로워지는 순간이었다. 코델리아와 함께 있으면 행복해지고, 코델리아의 아름다운 노랫소리를 들으면 기분이 좋아지기도 했고, 코델리아에게 내 음악을 들려줄 때면 짓는 그 미소는 아마 앞으로도 잊지 못할 것이 분명했다.

  전부 코델리아와 관련된 행복이었다. 내가, 코델리아가 없는 순간에도 행복을 영위할 수 있다는 말인가? 코델리아는 그런 나를 확실시하고 있어서 그런 말을 건넨 걸지도 모른다. 나는 알지 못하지만, 코델리아는 나와 다르니까.

나보다도 나를 더 많이 알고 있을 코델리아가 나에게 한 말. 받아들이고 싶지 않은 말들. 그럼에도 분명히 코델리아는 나에게 표현한 의사를 무시할 수가 없다.

상대의 행복을 바라는 말을 무시하는 것조차 안 되면서 내가 욕심을 부려 코델리아를 붙잡아 놓을 수 있을 리 없다. 그리고 지금도 확신했다. 그래서 물어보고 싶었다. 내가 행복해지면 너도 똑같이 행복해질 수 있는 걸까? 내가 행복해진다고 해서 네가 행복해지지 않으면 아무런 소용이 없다.

코델리아는 나를 위해서 아주 멀리 떠나는 거니까, 내가 행복해지면 코델리아도 나처럼 행복해질 수 있기를 확신한다면 지금의 고민이 조금이나마 줄어들 것이었다.

입을 벙긋거렸다. 물어보려고 시도했으나 어째서인지 입 밖으로 나오지 않았다. 질문하고 싶다면서, 사실을 알고 싶지 않았다는 편이 맞았다. 행복해진다고 말해주면 그나마 괜찮지만 이는 확정할 수 없는 대답으로, 코델리아의 생각과 운명에 따라 달라질 무작위였다. 내가 생각한다고 해서 코델리아가 행복하다고 할 수도, 그 말이 거짓인지 진실인지 이하 여부도 알지 못하고. 나중에 가서는 코델리아가 한 말이 행복하지 않다고 하면, 아니. 지금 당장 여기에서 그럴 수는 없다는 말이라도 나오면 나는 다시 똑같은 생각의 구렁텅이로 빠지고 말 터.

코델리아의 행복을 빌어주는 나와, 나의 행복을 빌어주는 네가 그렇게나 다른 생각을 하고 있으니까 우리의 생각은 성립되지 못한다.

서로의 목적이 그만큼이나 다른데 어떻게 두 목적을 전부 충족하는 결과를 찾을 수 있겠느냐며. 어느 하나가 행복해진다고 해서 꼭 상대까지 행복할지는 알 수 없다. 지금처럼. 눈을 이리저리 굴렸다. 코델리아가 답을 찾아주면 좋겠다고 생각했다.

적어도 시간이 흐르면서 자연적으로 찾을 수 있으면 더 좋았다. 그러나 떠오르지 않을 해답과 그에서 비롯된 잡념이 허공을 맴돌며 나를 괴롭혔다.

코델리아, 어떻게 하면 좋을까. 네가 떠나서 내가 정말로 행복해질 수 있을 거라고 믿어?

그런 나를 시선에서 떼어놓지 못한 코델리아가 고개를 저 먼 수평선 너머에 두었다. 어느 것을 바라보고 있길래 시선이 그렇게나 아련한지. 코델리아는 내게 전할 말이라도 고르고 있는지 시선이 이리저리 움직이다가 파도가 출렁이는 아래를 쳐다보기도 했다.

아주 오랫동안 우리는 말을 건네지 않았다. 하지 못한 편이었다. 코델리아가 나에게 어떤 말을 전할지는 중요한 게 아니었다만, 그럼에도 나는 앙다문 입술 새로 숨소리조차 튀어나오지 않게 색색거렸다. 코델리아의 뒷모습만 보였다.

수평선을 바라보고 있는 코델리아의 뒷모습이 파도처럼 아른거릴 때쯤에 무언가 결심한 것처럼 코델리아는 다시 내게로 고개를 돌렸다. 하고 싶은 말이 있다는 듯이 나와 맞춘 시선에 특유의 화사한 미소로 웃어주면서, 내가 그 표정을 오롯이 볼 수 있게 했다.

눈을 접어 웃으면 머리카락이 바람에 휘날리면서 아름다운 진주처럼 반짝인다. 나는 그 표정에 빠져들고는 멍하니 코델리아를 바라봤다.

그때처럼 똑같이, 나는 코델리아를 바라봤으나 내 시선을 무엇에게도 빼앗기지 않고 내 의지로서 코델리아와 시선을 맞췄다. 코델리아가 나에게 팔을 뻗는 순간까지 나는 인지하지 못하고 있다가 코델리아의 품에 안긴 따스함을 인식하고 난 후에야 나를 안아주고 있다는 사실을 깨달을 수 있었다.

아무런 행동도 하지 않고 그저 안아주기만 하니 코델리아의 얼굴이 제대로 보이지 않았다. 고개를 돌리지도 않고, 계속해서 품에 안아주고 있었다.

"내가 그리워지면 바다로 와줘. 내가 바다고, 바다는 나니까."

말을 끝내며 코델리아는 내게서 떨어졌다. 나를 바라보는 눈동자를 거두지 않은 채. 이제는 더 이상 시선을 떨어뜨리지 않겠다는 듯이 나를 빤히 바라보는 눈동자가 잘게 떨렸다. 차마 더는 눈물을 흘릴 수 없어 수없이 닦아 축축해진 손등을 툭 떨궜다. 나는 이제야 코델리아의 표정을 자세히 살폈다.

나와 똑같은 얼굴. 내가 지금까지 고뇌하면서 지었을 수많은 표정은 이미 코델리아의 얼굴에 드러나 있었다. 떠나기 싫어했다. 이 바다에서, 나에게서 코델리아는 멀어지고 싶지 않아 했다. 내게 이별을 고한 것이 순전히 나를 위한 선택임을 알았을 때 내가 보지 못했던 코델리아의 표정과 마주했을 때, 나는 어떤 행동도 취할 수 없었다.

금방이라도 눈물을 흘릴 것 같은 얼굴로 내게 미소를 짓고 있었다는 사실까지 깨달았다. 왜 그렇게 하는 거야. 나는 네 앞에서 펑펑 눈물이나 쏟았는데, 너는 나 때문에 아무런 슬픔도 표현하지 못하고 미소만 지어줬다는 사실이 나를 아프게 만들었다.

코델리아의 얼굴을 바라보고 있는 내가, 이 순간을 맞이한 내가 느끼고 있는 감정이 단지 슬픔과 무력감만이 아니라는 걸 누구보다 뼈저리게 느끼고 있었다.

이제 알았다. 무시하지 않고, 모르는 척하지도 않는 내 감정을. 내가 여느 때와 같이 느껴왔던 감정의 이름을 이제는 안다. 내가 코델리아에게 느끼고 있는 감정과 코델리아가 내게 느끼고 있는 감정이 동일하다 느껴졌다.

사랑이다. 다른 이름을 찾아봐도 도저히 알아차리지 못하는 그것. 내가 첫사랑에게 느꼈던 감정과 같았던, 어쩌면 그것보다 훨씬 심오하고 아름다우며, 애틋한 사랑의 깊이를 나는 오늘에서야 깨달았다.

무엇보다 내가 나의 감정을 제일 잘 알고 있으니까. 그리고 너도 마찬가지로, 나와 똑같은 얼굴을 하면서 내가 원하는 말만 골라서 해주는 코델리아는 나와 같은 눈빛을 하고 있었다. 사랑하고 있는 눈. 상대를 떠나보내기 싫은 이유도, 내가 이미 너무나도 빠져 있었던 탓이라고.

왜 이렇게 늦게 깨닫고 만 걸까. 코델리아를 사랑한

다고 쉽게 깨달았으면, 나의 해답이 조금이나마 이르게 찾아오지 않았을까 하는 의문이 생겼다. 당연히 내 절망과 우울감에 빠져서 사랑 따위의 긍정적인 영향을 보지 못한 내 탓이 컸다. 그리고 나는 내가 사랑하고 있음을 알았더라도 무시했다. 그때는 중요하지도 않고 코델리아에게 내 감정에 대한 부담을 느끼게 하고 싶지도 않았으며, 나와 코델리아는 사랑이 아니어도 다른 감정으로 행복할 수 있으리라고 믿었으니까.

나는 나에 대한 믿음은 항상 의심해 왔으나 코델리아와 관련된 것들은 하나같이 효력을 잃었다. 사랑하기 때문에. 내가 코델리아를 사랑하고 있어서 그랬다.

인간에게 사랑이란 아주 깊고, 누구도 쉽게 서술하지도 못하고 알지 못하는 감정의 작용이라 하면, 내가 지금 느끼고 있는 감정은 확실히 사랑이 맞았다.

감정부터 무어라 설명하기 어려운데, 상대를 사랑하는 마음을 드러내면서까지 설명하기에는 세상 모든 단어가 기록되어 있는 사전을 찾아봐도 역부족일 터였다. 사전에 명시되어 있는 문장 따위로 서술하기에 사람의 감정은 너무나 거대해서.

너를 사랑하는 데 이유가 없었다. 이유를 들먹이면서까지 너를 사랑하고 싶은 게 아니라 나는 자연스럽게 코델리아에게 끌렸다. 나는 이제 거짓된 감정을 표명하지 않아도 됐다.

 코델리아를 사랑하는 마음을 표현할 수 있었다. 그러나 표현하기에는 늦어버렸다. 사랑 이후에 찾아올 상황이 이별이란 건 참으로 잔혹하지 않은가. 운명의 장난에 대항하지도 못한 채 헤어질 우리를, 그저 웃으면서 보내주는 방법뿐이었다. 그리고 내가 코델리아에게 감정을 전달하는 것도 잊어서는 안 됐다.

 이제 와서 깨달았지만 그럼에도 온전하게 피어난 감정을. 나는 코델리아와 눈을 마주하고 웃었다. 방금까지 눈물을 흘리던 이는 이미 사라진 지 오래다. 몇 번 숨을 고르고, 울었던 물기 어린 목소리를 원래대로 되돌려 놓고 나서야 나는 상대에게 건네는 애원이 아닌, 오로지 나의 선택으로, 나에 대한 의지를 투영하여 코델리아에게 말을 전했다. 지금껏 내가 안고 있던 모든 아픔과 슬픔을 뒤로 한 채.

 "알았어, 꼭 만나러 올게, 너를… 너를 사랑하고 있으니까. 사랑해, 코델리아."

 속을 드러낸 목소리가 잘게 떨렸다.

 "나도 사랑해, 해민."

 드디어 전했다. 내가 꽁꽁 숨겨뒀던 감정의 깊이를 알

지 못한 채 여느 때와 같이 숨기고만 있었던 나의 생각을. 더는 회피하지 않고 네게 말했다. 코델리아도 내게 똑같은 말을 전해줬다.

똑같이 나에게 사랑한다고 해줬고, 코델리아의 표정이 실로 진실되어서, 나는 의심할 필요성도 느끼지 못하고 함께 웃었다. 이제 슬퍼하지 않아도 됐다. 코델리아가 나를 행복하게 해줬고, 그 행복을 영원히 가지고 이별할 수 있게 되었으니까. 내 이별이 아프기만 할 줄 알았던 과거는 이제 파도에 쓸려 사라졌다. 슬픔을 버린 것이 아닌, 슬픔도 이겨낼 만큼의 감정 덕분에.

우린 서로의 얼굴을 바라봤다. 그 사이에 몇 번이고 마주한 얼굴도 이제는 다르게 보였다. 의미가 달라졌다는 소리였다. 표정도, 몸짓도, 주변을 감싸는 공기도. 전부 달라져서 이제 무시하려야 무시하지도 못하는 커다란 사랑이란 감정을 여전히 입속에 머금은 채로.

코델리아의 시선과 내 시선이 서로를 향하고 있었다. 미소에 이제는 단순한 기쁨만이 담겨 있지 않다는 사실을 알아차린 우리는 그대로 서로의 이마에 입을 맞췄다.

코델리아가 먼저 내 이마에 입을 맞췄다. 부드럽게 닿았다가 떨어지는 입술에 나는 저절로 눈을 감고, 코델리아가 전해주는 사랑의 크기를 느꼈다. 짧게 입 맞춘 후 떨어진 코델리아와의 시선을 교환하는 건 여전했다.

 또 이어서 내가 코델리아의 이마에 입을 맞춰줬다. 차갑게 젖은 머리카락을 손가락으로 넘겨주고 불편하지 않게 아주 잠깐 닿았다가 떨어졌다.

 분명 코델리아도 내게 허락해 주고 있었으나, 그 이후는 우리가 언젠가 다시 만날 날을 그리며 남겨두고 싶었다. 전부 네게 건네버리면 정말 다시는 만나지 못할 것만 같아서. 코델리아를 다시 만나게 될 그날을 기대하고 싶은 내 욕심은 남아 있으니까. 나는 한참이나 욕심쟁이였고, 영원히 나는 변하지 않을 테니까.

 그러니 우리의 이별은 마지막이 아니야. 그렇게 믿고 싶은 것도 맞고, 내 욕심이 계속되는 한 우리의 추억을 영원히 이곳에 종속되어 있을 거야. 네가 그리워지면 내가 다시 찾아오듯, 너도 내가 그리워지면 이 해변으로 찾아와.

 나는 항상 이 바다를 잊지 못할 거야. 너와 처음으로 만났던 이 바다는, 나를 새로 태어나게 만들어 준, 내게 행복의 의미를 깨닫게 해준….

 사랑을 잊지 않게 해준 소중한 바다니까.

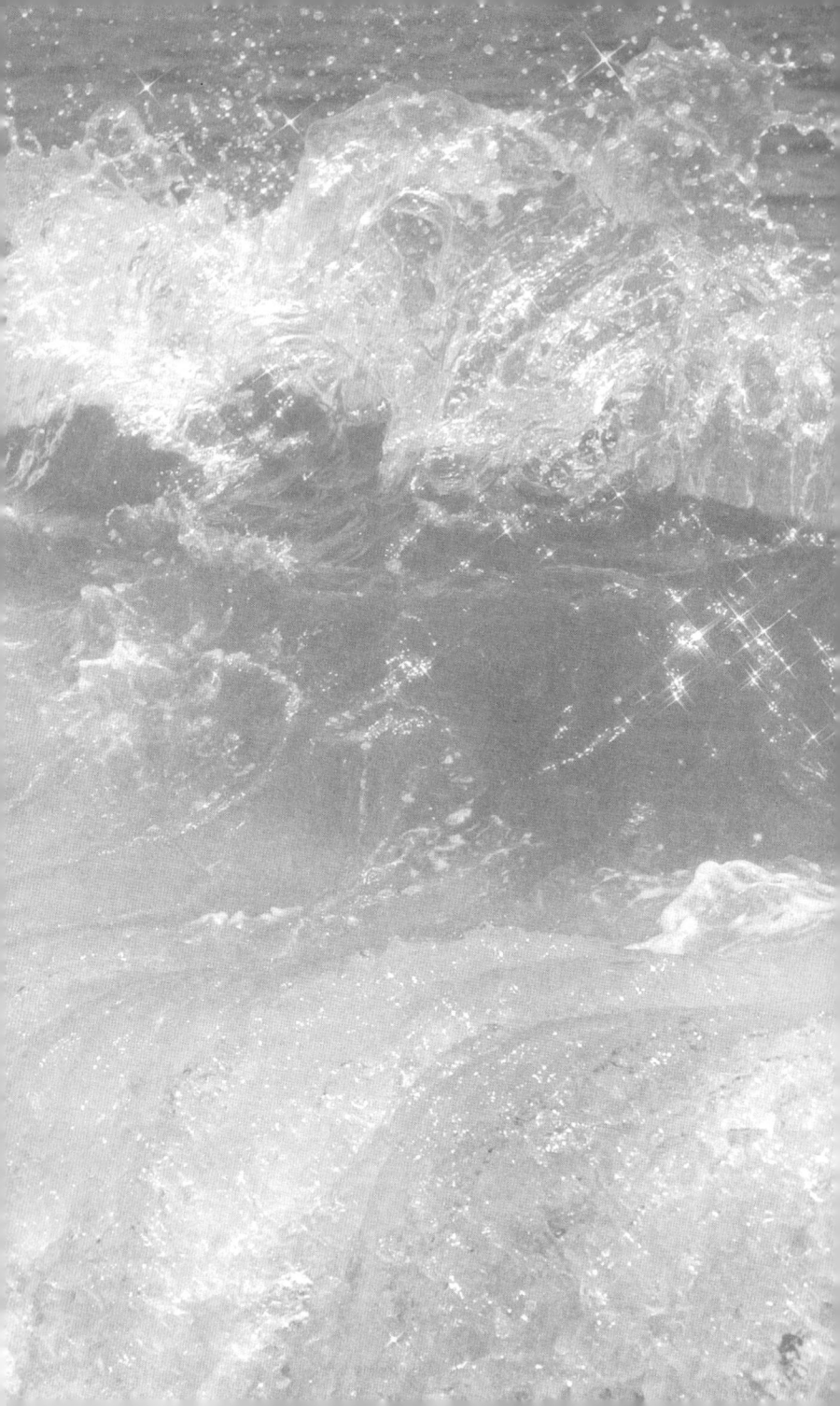

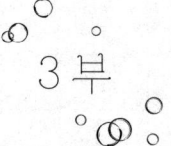

3부

다시 원점으로

뚝.

기억이 멈춘다.

버스가 정류장에 도착함과 동시에 꿈 같았던 추억을 회상하는 머리의 전원이 재부팅된다. 이로써 내가 떠올린 모든 기억이 지금은 과거에 지나지 않을 뿐이라는 사실을 깨닫고 만다.

다행스럽게도 차마 정류장에 도착하기 전, 하차 벨은 제대로 눌렀던 것 같다. 생각에 빠져 있느라 기억나지는 않지만. 정류장 바로 앞에서 문이 열린다. 어릴 적과 똑같은 자리에 앉아 있던 나는 전보다 훨씬 넓어진 것 같은 좌석 중간에서 발을 옮기다, 단단하게 세워진 기둥을 잡는다. 반짝거리는 게, 아무래도 새로 바꿨나 보다.

이 지점까지 오는 손님이 별로 없는 덕분에 내가 느리게 내려도 눈치를 주는 건—내가 그렇게 느끼는 것이지만—버스 기사님 정도…인가. 그래도 별 신경까지 쓰이지는 않을 정도로 걸음을 빨리하긴 했다.

버스를 내려 주변을 바라본 풍경은 변하지 않았다고 하기에는 달라진 것들이 조금씩 눈에 보였고, 이것들을 변화라고 하기에는 그 사이에도 미약하게나마 과거의 잔재들이 있기에. 부식되었던 몇 건물들을 새로 짓고, 위로 올리고, 그 외의 건물들은 아직도 예전의 모습을 그대로 유지하고 있는 게 기억에 남는다. 과거와 비교하기에도 다를 바 없는 모습이다.

이런 것도 변화라고 칠 수 있는 걸까. 몇 년 사이에, 눈에 띄게 변화하였다면 나에게는 확실히 바뀐 게 맞다. 그래, 몇 년. 그 오랜 시간 동안 세월이 흐름과 동시에 바라본 세상. 코델리아와 헤어진 이후에도 수많은 시간을 살아왔던 나. 과거와 비교해 보면 나도 많이 변했지. 긍정해야 한다.

이런 실없는 풍경을 기억하는 것도, 내가 얼마나 많은 시간을 이 바다에 쏟아부었는지 알게 해주는 증거 같은 거다. 그러니까, 내가 얼마나 이 길을 많이 지나왔는지도. 버스는 이미 떠난 지 오래였으나 나는 그대로 정류장 벤치에 앉아 주변을 이리저리 둘러보는 시간을 즐긴다.

뭘 해보는 게 좋을까. 주변에 뭐가 있는지 찾아보는 게 좋을까. 내게는 시간이 많으니까. 딱히 생각을 더 할 필요도 없고. 내가 하고 싶은 건 전부 할 수 있는 지경이었다. 아직 미성년자고, 가족들은 변한 것도 없고, 내가 바뀐 것이라고는 생각하는 방법과 결과를 도출한 후 내비치는 판단력, 그리고 외관이랑, 성격에도 약간의 변화가 있었다.

작곡하는 취미는 변하지 않았다. 혼신의 힘을 다해 지켜낸 취미였다. 학생으로 살아가는 데 있어, 외부의 압력으로 인해 꺼지는 취미들을 생각해 보면 참으로 안타까운 일이다. 마치 내가 이 바다로 발걸음을 돌리는 걸 어려워하는 것처럼. 이렇게 시간을 내지 않으면 솔직히 바다를 올 시간도 없고, 그러한 생각을 할 여유도 없다. 그래도 내가 오늘 바다로 온 이유는.

고개를 가만히 두었다가 젓는다. 이런 생각을 하려고 여기까지 온 건 아니다. 나는 이곳에 온 목적이 있다. 잊으면 안 된다.

집과 가까운 바다. 버스 정류장 몇 개만 지나면 금방

도착하는 바다지만, 굳이 바다로 올 이유는 없으니까. 나는 이 바다가 너무나도 오랜만이라. 그래서 과거로 돌아가려고 하는 걸지도 모른다. 현재에 제아무리 적응했다 해도, 과거의 추억을 회상하면 어른이고, 아이고 모두가 과거의 향수를 느꼈다. 나도 비슷한 현상을 마주한 것일지도.

좋은가?

사실대로 말하면 좋은지 나쁜지 모르겠다. 판단하는 능력이 올라갔다고는 하지만, 아직 나에 대해서 어리숙한 아이임은 변하지 않는다. 이는 바다로 향한 내 발걸음 탓에 더욱 극대화된 상황이고.

나는 그저 웃어넘긴다. 그러지 못했던 과거를 기억하면서 이제는 웃음을 지을 수 있다. 그리고 상황을 모면할 줄도 안다.

쏴아, 시원한 파도 소리가 먼 공간까지 울린다.

여기서까지 파도 소리가 들릴 리 없는데. 마치 내 귀에는 이미 파도 근처로 다가온 듯 넘실거리는 바다의 모습이 그려지는 듯하다. 건물 경관을 바라볼 때가 아니라 그래, 이곳에 온 목적은 따로 존재했으니. 앉아 있던 다리를 쭉 펴며 약하게 스트레칭한다.

목적이 있다고 해도 그렇게나 급한 일은 아니니까 천천히 움직여도 괜찮지 않나. 오늘은 정말 할 일이 없다. 학교에 가지도 않고, 뭔가 준비해야 하는 것도 없었다. 다 해결하고 온 것 몇 개, 원래 하지 않아도 괜찮은 것 몇 개. 이렇게 처리하고 나면 어릴 적과는 다른 자유의 의미가 된다.

생각을 이어간다. 자유라는 의미를 되찾으니 머리가 복잡해지지는 않았으나 그럼에도 생각을 멈출 줄 모르고 퍼져나가, 마치 배로 늘어나듯 몸을 머릿속에 욱여넣고 있다. 생각들이 저마다의 모습으로, 변화하면서, 계속. 마침 내가 이곳에 홀로 있어서 다행이다. 사람이 잘 다니지 않는 버스 정류장에 서 있는 게 오롯이 나 혼자만이라서 다행이다.

아무것도 하지 않았음에도 제멋대로 웃는 얼굴을 보면 사람들이 뭐라 생각할지. 순간 스스로도 살짝 부끄러워 볼을 긁는다. 이런 생각을 하는 것도 웃기다. 아, 마음이 좀 가벼워진 것 같다. 쌓여 있던 나머지의 응어리도 풀린 듯하다. 이제 다 되긴 한 건가. 안 돼도 어쩔 수 없지. 지금이라도 출발하자.

버스에서 내리자마자 느꼈던 바다 내음이 아까의 허

상을 조금 더 현실화시켜 주는 듯하다. 익숙하리만치 진한 바다의 짠 소금 냄새. 매일 잊지 못했던 감각. 내가 아직도 이 소금 냄새를 그리워하는 줄은 몰랐다.

코로 들이마시자마자 느껴지는 그리움이란 감정은, 여태 괜찮아진 줄만 알았던 무덤덤한 마음을 한순간에 녹이기에 아주 충분한 소재가 된다는 걸 깨닫는다. 금방이라도 음악이 되어 날아갈 것 같은 향취. 오선지 위에 높은 음자리표를 그리고, 첫 마디의 첫 사분음표를 그려내면, 그 뒤는 술술 써 내려갈 수 있을 것만 같은. 나는 한참이나 맡고 싶어 했던 바다의 소금기를 느낀다. 가만히 그 향기에 잠시 나를 집어넣는다.

분위기도, 날씨도, 태양 빛도. 달라진 건 어쩌면 나의 시간뿐인 이 공간에 나는 과거를 회상하던 좀전의 감각을 가지고 그 자리 그대로 서 있는다.

어릴 때와는 걸음의 보폭마저 달라졌을 테니, 내가 몇 발짝 걷지 않아도 금방 보일 바다의 모습을 어렴풋이 상상한다. 바다가, 전과는 많이 달라졌을까. 바다 주변을 그만큼이나 바꾸지는 못하더라도 뭐가 많이 생겼다거나 할 수는 있으니.

그곳이 관광 명소라도 됐으면 어쩌지. 사람 수를 보니 그러지는 않겠지만. 숨겨진 사람들의 산책 코스나 아무도 모르는 나만의 비밀공간 공유하기, 요즘 그런 게 유행하던 것 같은데. 하나도 맞지 않을 걸 알지만 우스갯소리를 내뱉어 봤다.

나는 어김없이 발을 내디딘다. 바다가 그리웠던 것도, 궁금한 것도 전부 맞다. 맞는 말이니까, 내가 직접 보지 않고서는 떠나지 못할 것이다. 그리고 바다는… 그러라고만 존재하는 게 아니기도 하고.

모래사장을 향해 걸어간 풍경이 왠지 모르게 밝은 듯했다. 햇살이 더욱 잘 비추는 해수면 근처라서 그런가? 바다가 더러워지거나 하진 않았다. 주변에 뭘 더 설치한 흔적도 보이지 않는다. 고개를 돌려 느리게 살핀 바다가 내 기억과 마찬가지라서 정말 다행이라는 생각을 제외하고는, 나는 퍼석퍼석한 모래 위에 발길을 옮긴다.

한 발자국, 두 발자국. 바다와 더욱 가까워진다. 내 의지로 더 가까워지다가, 기어코 바다와 모래가 맞닿는 부분에 도착한 나는 내가 가지고 온 가방은 모래 위에 내려둔다.

어릴 적 가지고 다녔던 가방보다는 조금 커졌지만 안에 들어 있는 물건은 그대로다. 노트북이라든가 첫사랑이 내게 남긴 편지라든가. 종이는 색이 바래 전보다 더욱 낡아 보였고, 노트북은 지금 내가 쓰는 게 아니라 이미 오래전에 쓰다가 이제는 버려지기 직전이긴 하나 이 모든 것에도 추억은 깃들어 있다. 내가 기억하고 있다.

 전부 내 물건이었으니 내가 기억하지 못하면 여기 어느 누구가 기억하고 있겠냐는 말이다.

 그리고 가방의 맨 앞주머니에는 내가 항상 잊지 않고 가지고 다녔던 것. 내가 이곳으로 가장 많이, 오랫동안 가져왔던 물건. 나와 바다의 추억이 기록되어 있는 그 날의 흔적, MP3를 손에 쥔다. 최근까지 작곡한 노래들도 이곳에 넣어뒀다. 그렇다 해도 이곳에서 들었던 노래—제목 없음(1)—는 그 이후로도 변함없이 1번 트랙에서 재생되고 있었다.

 버튼을 꾹꾹 눌러 이제는 전보다 노이즈가 심해진 MP3의 전원을 켠다. 기대했다. 그것도 이 바다에서 듣는 건 아주 오랜만의 경험, 추억을 회상하기에 가장 알맞은 타이밍이다. 내가 그랬던 것처럼 이제는 더욱 길어진 노래 시작 전 버퍼링을 기다리고 첫 음이 들리기 시작하자 그대로 난 MP3를 주머니에 쑤셔 넣는다.

 모래사장 멀리에 놔둔 가방을 한번 힐끗 시선에 담고는 이내 바다에게 가까이 다가간다. 더 가까이 다가가서, 바다가 내 발목을 삼킬 정도로 올라올 때까지 걷는다.

 바닷물이 묻어나지 않으면 마치 내가 바다에 오지 않

은 기분이 들어서 꼭 물에 젖어야 했다. 항상 이곳에 오면 무릎까지는 젖은 채로 돌아갔으니, 아마 이 탓에 생긴 습관일 터였다.

 발목까지 물이 찬 아래를 한참 동안이나 바라본다. 주머니에서 커다랗게 노래가 흘러나오고 있음에도 바다의 파도 소리는 그보다 선명하다.

 노래를 뚫고 나오는 파도의 움직임을 나는 눈에 담지 않을 수가 없다. 아름답고, 기대했고, 보고 싶었던 바다의 모습. 하늘의 햇살이 여태껏 이곳을 비춰주고 있음이 틀리지 않았던 것과 같이 나는 여느 때와 같은 바다의 햇살을 만끽하며 소리를 듣는다. 잊지 못할 기억, 그리고 내 영원의 행복. 눈에 담았던 그 수많은 추억이 되살아나는 기분이다. 바다의 소리를 들으면 그랬다.

 꼭 이 바다여야만 했다. 내가 버스를 타고 이곳까지 온 것도 다 그러한 이유 탓에. 파도의 소리가 노래의 마지막 음과 똑같이 끝나, 뚝 하고 멈춘 소리에도 파도는 몇 초 뒤 다시금 철썩이기 시작한다. 장애물 없이 올곧은 마찰음. 투명하고, 깨끗한 바다의 기억.

 나는 이 소리를 알고 있다. 너를 닮은 파도. 너의 노랫소리가 그려지는 파도가 내 귀를 타고 흘러 달팽이관에서 울린다.

익숙한 소리를 들었다는 듯 내 감각이 오늘따라 되살아나는 기분이 들기도 했다.

내 온몸이 코델리아, 너를 그리워하고 있었어. 곧이어 정녕 파도가 노랫소리처럼 들려올 때가 되어서야 나는 깨닫는다. 바다에 살고 있던 인어의 모습을, 코델리아라는 어여쁜 진주의 이름을. 네가 들려줬던 파도의 목소리가 아직도 선연하다. 네 음악과 목소리에도 이름을 붙이지 못한 채 남겨둔 노래처럼 선명하게 흘러간다.

바다는 네가 되고, 너는 바다가 되었다. 그렇다면 내가 듣고 있는 이 파도 소리는 어쩌면 너일까.

그렇구나.

의문을 표하기 전에 난 이미 답을 알고 있다. 내뱉느냐 마느냐의 문제에만 멈춰 있는 내 답은 이미 내가 어떻게 하기도 전에 파도 소리와 함께 흩어져 사라진다.

인간임에도 불구하고 아가미라도 달린 듯 숨을 쉬기 어려웠던 내게 지상에 내려온 너의 목소리는.

그토록 목매던 푸른 바다에 등 떠밀려 서서히 잠겨가고 있던 나에게 숨 쉬는 법을 알려준 바다와도 같은,

너의 목소리는 *파랑성*이구나.

아마 독자님들께서 이 글을 읽고 있다는 뜻은 내가 제때 마감을 마쳤다는 뜻이다. 처음 적어간 글인 만큼 부담도 컸고, 수정해야 할 사항도 너무 많이 보이고는 했다. 그럴 때마다 노트북 화면만 바라보던 때가 생각난다. 그래도 독자에게 위로를 전하고 싶다는 마음 하나로 열심히 키보드를 두드린 덕에 이렇게 문서가 파일 속에만 있지 않을 수 있게 됐다.

처음에는 해민과 코델리아를 어떻게 표현할지 걱정이 됐다. 인간이 아니며 인어와는 다른 존재인 코델리아는 우리에게 너무나 멀게 느껴지고, 이해민이라는 아이는 나와 정반대에 있으면서도 나와 비슷한 느낌이 드는 인물이었다. 집필을 해야 하는데, 그러지 못하는 상황이었다.

이를 해결하기 위해서는 어쩔 수 없이 내가 해민에게 빙의하는 수밖에 없었다. 다 그렇듯 내가 그의 삶을 간접적으로 체험해 보는 게 전부였다. 길을 걸을 때도 어떻게 걷는지 생각하고 노을이 지는 순간이 어떻게 보이는지 묘사했다. 코델리아의 모습도 어린아이인 해민의 시점에서 반짝이는 진주와도 같이 표현했다. 이런 필살기로 해민과 코델리아라는 인물이 조금 더 현실의 옆으로 오기를 바라고 또 바랐다.

책을 읽을 때면 코델리아를 지칭할 때는 이름을 부르고 자신은 나 외에는 성별을 언급하는 내용이 일절 없다. 이름만으로는 성별을 알 수 없다는 이유도 있었다. 남자 같은 이름, 여자 같은 이름이 있을 뿐이지 얼굴을 보지 않고는 성별을 구분할 수 없듯이 말이다. 그러나 해민과 코델리아의 성별을 지정하지 않은 건 다른 이유가 컸다. 우울과 괴로움을 경험하는 해민도, 그런 상대를 구원해 줄 수 있는 코델리아도, 존재의 의의에 구애받지 않고서 서로를 있는 그대로 봐줄 수 있는 둘은 그 누구나 될 수 있다는 뜻이다.

코델리아는 작중 '인간이 아닌 존재'로 나온다. 그러나 해민에게는 그따위의 사실이 중요한 게 아니었다. 코델리아가 자신을 인정해 줬다는 것 하나만으로 살아있음을 깨닫게 된 해민처럼, 우리도 주변 누군가에게 그런 상대가 되어줄 수 있지 않을까. 굳이 인간이더라도 어쩌면 우리는 우리도 모르는 새에 이미 그런 행동과 말을 건네줬을지도 모른다. 우리는 모두 아픔을 느낄 줄도 알고, 상대에게 위로를 건네는 방법을 알고 있으니까. 그러니 이들에게 성별이란 중요하지 않다. 역경을 딛고 일어서는 그 모습이 보고 싶었다.

해민은 일상에서 누구에게도 인정받지 못한다. 친구, 선생님, 부모님, 기어코 자기 자신까지 인정해 주지 않는다. 공부나 운동보다 어린 해민에게는 꿈을 응원해 주는 어른이 필요했고 그렇기에 결핍처럼 생겨난 열등감에 스스로를 갉아먹는 상태가 되었다.

텔레비전에 나오는 스타들을 보며 취미이자 꿈인 음악을 포기하게 되는 모습을 보면서, 나는 우리가 가진 이상이 얼마나 높았는지를 생각해 보게 되는 시간을 가졌으면 했다. 세상에는 수없이 많은 천재가 있고 운을 가진 능력자들이 있지만 그중에서도 노력하는 자가 제일 아름답다고 생각했다. 천재로 기록된 이들을 보고 꺾인다면 그 후에 나온 스타들마저도 탄생하지 않았겠지. 나는 그 매개체를 코델리아라고 생각했다. 용기가 필요하다면 불어넣어 줄 인물. 코델리아에게 음악을 들려준 이후부터 해민은 음악을 다시 시작했다. 포기하려던 찰나 해민이 다시금 노력을 가하도록 한 코델리아가 없었다면, 해민은 음악도 그만뒀을 테고 그 전에 이미 깊은 심해에 가라앉았을지도 모르는 세계다.

나는 누구든 할 수 있을 거라 믿는다. 이걸 읽는 독자가 할 수 있는 모든 걸 끌어내어 한계까지 도전해 봤으면 한다. 인간은 항상 자신의 이상을 높게 바라보고, 자신을 낮게 해석하는 경향이 없잖아 있으니. 키보드 자판만 두드리던 나도 이렇게 글을 쓰지 않았던가. 실수도, 실력도, 전부 나의 것으로 받아들이면 된다. 나는 그렇기에 해냈고, 이 책을 완성한 것부터 나 또한 성공했다고 생각하기로 했다. 해민처럼 포기하지 않고 계속해서 이어왔듯이.

늘 책과 함께, 꼭 그러지 않더라도 하루를 살아가는

독자님들께. 우리의 삶이 평탄하지 않더라도, 자기 자신이 만족하지 못하는 삶을 살더라도, 그 여정이 언젠가 서풍의 바람을 타고 순탄해질 날이 오기를.

 해민이와 코델리아의 모델이 되어준 친구들과 책 출판 작업 전반에 많은 도움을 주신 사시사철 님께 감사드립니다.

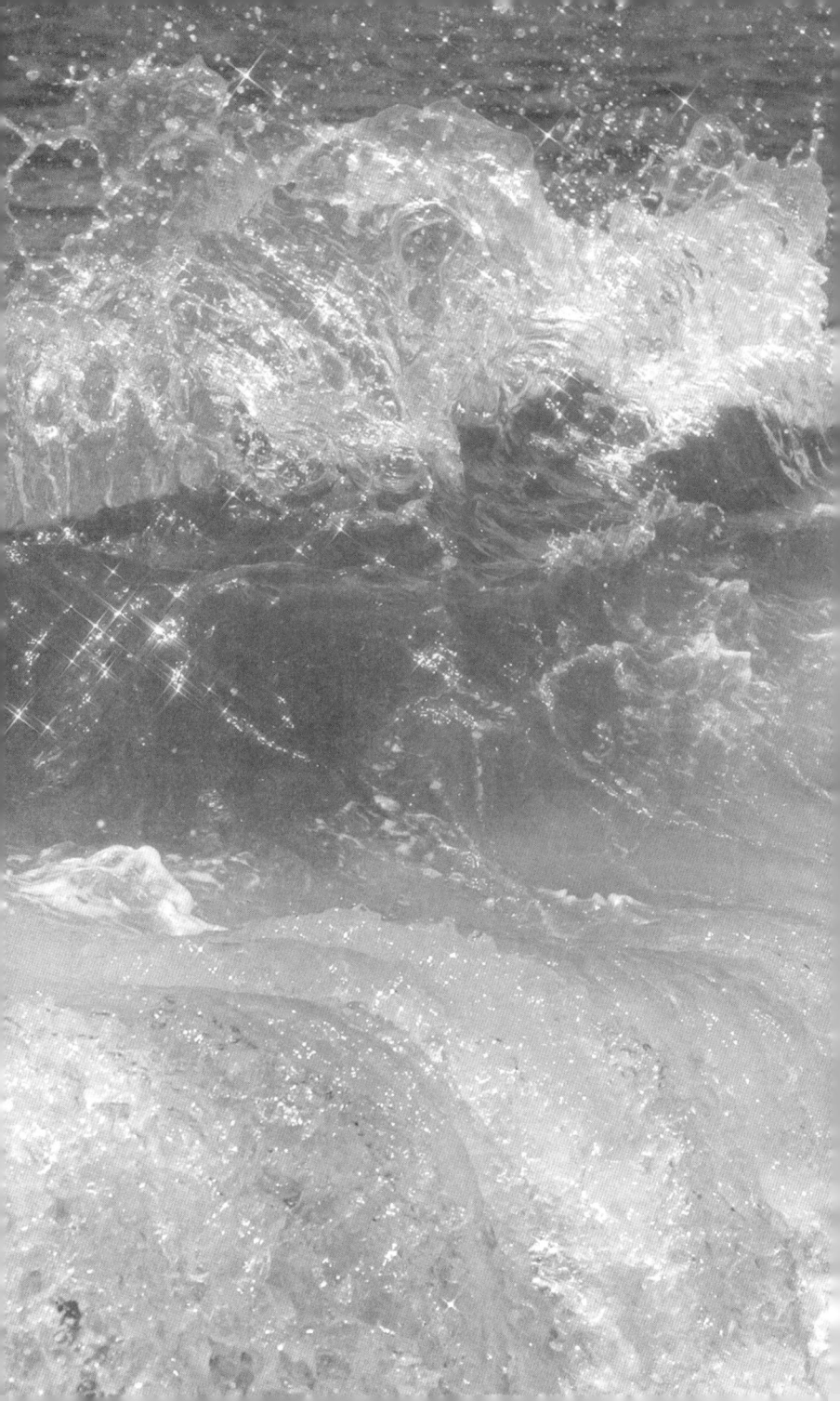

파
랑
성

초판 1쇄 발행 2025. 11. 20.

지은이 여울
펴낸이 김병호
펴낸곳 주식회사 바른북스 편집부

편집진행 김재영
디자인 심연보
마케팅 송송이 박수진 박하연

등록 2019년 4월 3일 제2019-000040호
주소 서울시 성동구 연무장5길 9-16, 606호 (성수동2가, 블루스톤타워)
대표전화 070-7857-9719 | **경영지원** 02-3409-9719 | **팩스** 070-7610-9820

•바른북스는 여러분의 다양한 아이디어와 원고 투고를 설레는 마음으로 기다리고 있습니다.
이메일 barunbooks21@naver.com | **원고투고** barunbooks21@naver.com
홈페이지 www.barunbooks.com | **공식 블로그** blog.naver.com/barunbooks7
공식 포스트 post.naver.com/barunbooks7 | **페이스북** facebook.com/barunbooks7

ⓒ 여울, 2025
ISBN 979-11-7263-663-0 03810

•파본이나 잘못된 책은 구입하신 곳에서 교환해드립니다.
•이 책은 저작권법에 따라 보호를 받는 저작물이므로 무단전재 및 복제를 금지하며,
 이 책 내용의 전부 및 일부를 이용하려면 반드시 저작권자와 도서출판 바른북스의 서면동의를 받아야 합니다.